LA FAMILLE

DE HALDEN.

LA FAMILLE

DE HALDEN,

Traduit dè l'Allemand D'AUGUSTE
LA FONTAINE.

PAR M. V......

TOME QUATRIÈME.

A PARIS,

Chez MARADAN, Libraire, rue Pavée-Saint-
des-Arts, n°. 16.

AN XI (1803).

LA FAMILLE

DE HALDEN.

M. GRELL était un homme plein de cœur, de franchise et de probité. Dans sa jeunesse il avait été régisseur de plusieurs grands biens. Il allait atteindre sa trentième année, lorsqu'il vit la sœur d'Ahrens, fille sans fortune, qui servait comme gouvernante dans une maison de condition. Elle lui plut ; il l'épousa, prit à bail une petite ferme, s'y retira avec sa femme âgée de seize ans, et y vécut heureux au delà même de ses desirs. Le frère de sa femme était déjà depuis long-tems au service du prince régnant ; cependant personne ne savait où il pût être. A l'âge de quatorze ans, il gardait les oies du village. Le prince défunt passait un jour ; sa voiture s'arrêta dans l'endroit de jeune garçon s'approcha, et voyant

descendre des personnes de qualités,
prit son bonnet à la main. Le prince
actuel, âgé alors de cinq ans, l'appercevant près de la chaise, tira sa bourse
et lui donna quelques pièces de mon-
naie. Lorsqu'il remonta en voiture, le
domestique qui le portait, fit tomber
la bourse de sa poche, et les chevaux
partirent au galop. Le petit Ahrens
trouva la bourse et courut après les
voyageurs, en les appelant de tous ses
poumons. La voiture ne s'arrêtait pas.
Néanmoins il la suivit jusqu'au prochain village, où il fallait changer de
chevaux. Il monta alors sur le marche-
pied et présenta la bourse, en disant
que le petit monsieur l'avait laissé
tomber.

Cette aventure donna matière à un
entretien, où le jeune garçon montra
tant d'ingénuité, que le prince lui demanda : veux-tu venir avec moi, brave
enfant ? — Ahrens y consentit avec joie.
Il fut placé sur le charriot de bagage.
Arrivé à la résidence, il fut habillé et
reçu domestique du prince. On le fé-

licita tant de fois sur sa bonne conduite, qu'il résolut de la tenir invaria-
blement. Il la tint en effet, et parvint
au grade de premier valet-de-chambre.

Sa sœur, qui ne savait où il était
allé, épousa, comme nous l'avons dit,
le vertueux Grell et s'établit avec lui
dans la ferme. On ne trouve plus sur
la terre de couples loyaux et heureux,
comme l'étaient Grell et sa femme.
Grell cultivait son champ ; sa jeune
femme réglait les affaires du ménage,
et le soir allait au devant de son mari
avec un visage plein d'amour. Elle lui
sautait au cou, comme s'ils ne s'étaient
vus depuis un an. Grell oubliait la pluie
et le froid, lorsqu'il la voyait arriver.
Ce ne fut qu'après quelques années
d'une aussi heureuse alliance, que la
femme Grell accoucha d'une fille qu'on
nomma Dorothée. Ils n'eurent qu'elle
d'enfant, et c'est sans doute pour cela
qu'elle fut élevée un peu délicatement.
Il lui était défendu d'aller aux champs,
seulement elle pouvait filer ou coudre
à la maison. Ses vêtemens étaient aussi

mieux coupés, d'une étoffe plus fine,
qu'il ne convenait proprement à sa
condition. — Pourquoi non ? disait
M. Grell, Dieu nous a bénis ; c'est notre
unique enfant, et je ne suis pas un
paysan. Pourquoi cette enfant ne pré-
tendrait-elle pas à la main d'un ministre
ou d'un homme de pareille condition ?
Qu'importe, pourvu qu'elle sache se
maintenir dans son état ! — Ainsi,
Dorothée fut habillée comme la fille
du ministre des environs, et chacun
disait : voyez - vous le bel enfant que
les Grell ont à la ferme !

Dorothée allait au village voisin apprendre à lire. Elle commençait à écrire
et savait les cinq premiers chapitres du
catéchisme. Elle avait alors treize ans,
et sa taille était pleinement formée. Le
père eut honte d'envoyer plus long-
tems à l'école une si grande fille. Elle
fut donc confirmée. Cette époque fut le
terme de l'instruction qu'on lui donna.
Quoique Dorothée eût peu de dévelop-
pement, elle n'était pourtant pas neuve.
Dans toutes les circonstances, M. Grell

jugeait très-juste, à l'aide de son bon sens, et le commerce qu'il faisait de ses blés et de ses bestiaux, attirait souvent chez lui des personnes de diverses conditions. Dorothée sut parfaitement se tirer d'affaire ; il suffisait de voir ses yeux vifs, il n'était pas même nécessaire de l'entendre parler, pour juger qu'elle avait de l'esprit.

Son mérite personnel avait sa source dans son cœur, que l'on voyait briller dans ses yeux tendres et passionnés, sur son visage ouvert et souriant. En examinant ce regard doux, mais allumé, qui du cœur jaillissait dans ses yeux, ce sérieux joint à une noble amabilité peinte dans sa physionomie, on eût juré qu'elle devait avoir un commerce secret d'amour ; néanmoins ses regards et ses traits n'étaient que la preuve de la bonté de son cœur. Ses parens l'aimaient si tendrement et la traitaient avec tant de douceur, que l'amour de tous les hommes remplissait son ame toute entière.

Il est facile de présumer que le pre-

3

mier baiser d'un jeune homme ne man-
querait pas d'allumer dans cette jeune
fille une passion ardente. C'est aussi
ce qui arriva. Le fils du ministre du
village voisin, jeune homme orné de
connaissances, alors candidat, à qui le
seigneur du lieu avait accordé la sur-
vivance de la cure que desservait son
père, déjà avancé en âge, fit la connaissance de Dorothée dans une cérémonie de baptême, où ils tinrent tous
deux un enfant du village. Au premier
aspect, il se dit à lui-même : quelle
charmante fille ! — Lorsqu'elle retourna
le soir à la maison avec ses parens, il la
reconduisit et M. Grell lui dit, en prenant congé : j'espère que vous nous
ferez quelquefois l'amitié de venir nous
voir. — Le jeune homme n'eut pas besoin d'une seconde invitation. Dorothée
avait fait sur lui une impression qu'il
n'avait jamais ressentie auprès d'aucune autre fille. Après lui avoir parlé
plusieurs fois, il en devint éperdue-
ment épris. Dorothée ne connoissait pas
même le sens du mot *amitié*, qu'elle

employait au lieu de compaternité. Elle
ignorait encore plus les expressions re-
levées, que le jeune homme croyait devoir employer, pour exprimer l'amour.
C'était le tems du clair de lune et de la
cérémonie des cimetières. La lune et les
étoiles, les cimetières et les croix étaient
une matière bien stérile pour le simple
langage de Dorothée. Cette innocente
fille était déjà fort attachée à son com-
père ; cependant elle était encore assez
maîtresse d'elle-même, pour rester assise
à son arrivée et pour continuer son ouvrage, après avoir donné un salut gracieux.

Grell savait que Wilhelmi (c'est le
nom du jeune homme), devait succé-
der à son père ; ainsi il ne s'opposa pas
aux démarches qu'il faisait près de sa
fille. Il leur permit même très-volon-
tiers d'aller quelquefois tous les deux
seuls à la promenade. Bientôt Wilhelmi
serra la main de la jeune fille et baisa
ses lèvres vermeilles. Elle lui rendit
chaque serrement de main avec sensibilité et chaque baiser avec feu. —

O Dorothée ! disait-il, je ne puis exprimer combien je vous aime. — Elle s'appuyait sur sa poitrine, lui passait un bras autour du corps et répondait tout bas : vous m'êtes aussi bien cher, M. Wilhelmi !

L'amour brûlait dans le cœur, calme en apparence, de cette jeune fille, avec plus de vivacité que dans celui du jeune homme, quoique celui-ci ne le crût pas ainsi, parce qu'elle n'avait jamais à la bouche les mots : lune, étoile, cimetière. Elle ne disait jamais : je vous aime ! cela lui paraissait trop affecté. Vous m'êtes bien cher, ou je vous suis entièrement attachée ! c'est tout ce que l'on pouvait obtenir de Dorothée. Wilhelmi fit des vers à Doris, à la lune, à l'étoile du soir, à l'arbre du sureau, sous lequel ils s'étaient souvent assis. Il reprochait à Doris sa froideur, menaçait du cercueil, et ne manquait pas, tous les soirs, de glisser sa production en rougissant. Dorothée acceptait les vers, et les plaçait dans son livre de prières, après les avoir parcourus quelque tems., en desirant de savoir mieux lire l'écriture.

Wilhelmi la pressa de lui faire, au moins une fois, une réponse par écrit; elle se trouva alors dans un grand embarras, son amant ne voulant absolument pas croire qu'elle ne sût pas écrire. Elle fit une couple de tentatives, mais les trouvant infructueuses, elle s'en tint à son: je ne sais pas écrire. Ainsi, le jeune homme se vit obligé de se laisser aimer de Doris, à sa manière, c'est-à-dire, d'une ardeur secrette. Quoique Dorothée sût peu mettre en usage les expressions usitées en amour; pourtant, sa tête réunissait mille idées, son imagination embrassait une foule de tableaux, et créait, comme par enchantement, dans son ame, un nouveau monde. Elle ne pouvait tutoyer le jeune homme sans rougir, sans cacher son visage dans son sein; mais elle l'aimait intimement et avec fidélité. Lorsqu'elle était seule, son imagination forgeait de bien autres romans que ceux que lui lisait Wil-

helmi ; celui-ci serait mort de plaisir
à ses pieds, s'il eut sû ce qu'elle rê-
vait de lui.

A cette époque, mourut le gentilhomme, sous la dépendance duquel
était la paroisse de Wilhelmi, ainsi que
la ferme de Grell, et M. de Sélenberg,
neveu du défunt, hérita de ses biens.
Sélenberg vint chez M. Grell, pour voir
l'état de la ferme; il y trouva la charmante Dorothée, aux yeux enflammés,
douée d'une figure où le coloris brillant se mêlait avec grâce aux traits
d'un chaste amour. Il fut frappé de la
beauté de cette villageoise, et lui parla.
Dorothée lui répondit avec timidité et
respect ; car de lui dépendait tout le
bonheur de son amant.

Sélenberg parut ne pas être épris, ni
avoir remarqué la jeune fille. Progres-
sivement il se montra plus gracieux envers M. Grell. La ferme était dans le
meilleur état; il lui en témoigna sa
satisfaction, et lui proposa d'affermer
son principal bien sitôt l'échéance du
bail existant. Grell fut satisfait de

l'offre, et encore plus des autres déclarations de son nouveau maître. — Je
suis riche, dit Sélenberg : ainsi, sans
nuire à mes biens, je ne veux pas vous
en ôter le profit ; j'aime à rendre mes
sujets heureux. Il me manquait un
homme comme vous, M. Grell, pour
m'aider dans mes projets. — Sélenberg
ne s'écartait pas trop de la vérité. Dans
le fait, il n'était pas rigide envers ses
vassaux ; il était au contraire libéral et
généreux, lorsqu'il n'était pas entraîné
par le goût pour ses plaisirs. Grell avait
déjà entendu louer sa clémence ; il avait
donc, ainsi que sa famille, la perspec-
tive d'une vie très-heureuse.

Sélenberg partit quelques jours après,
et bientôt Grell reçut le titre de baillif,
en même tems un contrat de ferme
très-avantageux, pour le village où le
père de Wilhelmi était ministre. Sélenberg lui écrivit : ce contrat est tel,
et ne doit pas être autrement. Le
nouvel ordre que vous allez établir dans
mes propriétés, les meubles qui sont
dans la grande maison où je me ré-

6

serve l'appartement peint en vert, et d'autres considérations encore, ont rendu cette mesure nécessaire.

Grell, à la lecture de cette lettre, sentit rouler dans ses yeux les larmes de la reconnaissance. Il s'écria : Dieu ! quel bon seigneur ! — Il lui fallut changer de demeure sans délai, car Sélenberg avait fixé irrévocablement au quatrième jour la prise de possession à laquelle il voulait être lui-même présent.

Le retour de Sélenberg fut marqué par plusieurs jours de fête. Chaque soir voyait s'ouvrir un bal, auquel les fermiers et les ministres des environs étaient invités avec leurs familles. Madame Grell ne voulut pas danser. — Eh bien ! Mademoiselle, dit Sélenberg à Dorothée, vous ferez les honneurs de la maison, et serez ma danseuse.

Alors il tendit à Dorothée toute sorte de piéges ; il la flattait et la traitait avec une sorte de respect. Mais elle ne s'en apperçut pas ; et sitôt qu'elle se fut débarrassée de lui, elle chercha des yeux son cher Wilhelmi. Sélenberg

fut obligé de prendre une autre route.
Le lendemain matin, pendant que Grell
était occupé de sa prise de possession,
il alla chez madame Grell, près de
laquelle il trouva Dorothée. Il s'assit à
ses côtés, et demanda la permission
de prendre son thé dans leur société.
Cette politesse rendit la mère ivre de
joie. Après un entretien indifférent, il
vint sur le compte de Dorothée. —
Madame, dit-il à la mère, vous avez
là une aimable et bien jolie fille. (Dorothée rougit). Ne rougissez pas, cher
enfant.... Dans le fait, je ne conçois
pas, madame Grell, comment vous
avez pu élever à la campagne une demoiselle aussi belle, aussi accomplie;
elle se comporte, comme si elle avait
été élevée à la cour.

— Oh! votre excellence badine, répartit la mère; Dorothée peut remer-
cier le bon Dieu d'avoir été assez bien
élevée pour la campagne.

— Ne soyez pas injuste, madame
Grell; supposez une fois que le hasard
ou l'amour, comme il vous plaira, ait

fait Dorothée mon épouse, je ne balance-
rais en vérité pas un moment à la présenter à la princesse en qualité d'épouse
de Sélenberg , et certes, toute la cour
dirait unanimement : c'est un ange !

La mère sourit. — Oui, elle ferait
bonne mine à la cour !.... Votre excellence va donner de la vanité à ma
fille.

— Je ne plaisante pas, madame Grell.
Croyez-moi , Dorothée doit faire encore
votre bonheur dans ce monde... N'est-
ce pas Dorothée ? (Il l'attira à lui , et
la considéra). Quelle taille ! quel bras !
quel port ! Si un prince vous offrait
sa main , en vérité , je ne pourrais
m'empêcher de dire qu'il n'eût pu faire
un meilleur choix.

Ainsi parla Sélenberg , pour inspirer
à la mère l'idée qu'il était possible qu'il
fît lui - même à sa fille l'offre de sa
main. Il n'atteignit pas tout-à-fait son
but. La mère fut cependant très-flattée
qu'il eût si bonne opinion de sa fille.
Dorothée sentait que M. de Sélenberg
pouvait assurer à son amant la survi-

vance de la cure de son père, ou même lui procurer dans peu de tems une meilleure place ; dans cette vue, elle fit son possible pour s'attirer les bonnes graces du Gentilhomme.

Sélenberg ne pouvait comprendre comment son jeu n'avait pas éveillé la vanité de la mère ou de la fille, et sur-tout de celle-ci. L'énigme fut devinée, sitôt qu'il eut observé une couple de fois Wilhelmi et Dorothée. Dans le premier mouvement, il voulut rompre, à force ouverte, l'alliance des deux jeunes gens, et éloigner d'une certaine manière Wilhelmi de Dorothée. Mais il fit réflexion qu'il ne devait pas effaroucher ses sujets si pleins de confiance. Il voulut tenter s'il ne pourrait pas déloger Wilhelmi du cœur de la jeune fille ; mais il cessa bientôt d'espérer, vu l'amour passionné et romanesque de Dorothée. De ce côté l'innocence fut inaccessible ; l'amour lui-même veillait déjà sur elle.

Mais qu'y avait-il d'impossible pour ce libertin, pour ce froid scélérat, lorsqu'il ne s'agissait que de tromper un cœur enfantin et de séduire l'innocence. Sélenberg se mit donc à l'affût des petits manèges de Dorothée et de Wilhelmi. Il fit bientôt une découverte qu'il pouvait mettre à profit. Quand Wilhelmi était chez Dorothée (il venait presque tous les soirs), il lui souhaitait à la vérité la bonne nuit, mais quelque tems après il revenait se glisser dans sa chambre. Là, les deux amans causaient, s'embrassaient pendant une demi-heure et dans l'obscurité, pour que personne ne s'en apperçût. C'était un coup hardi pour deux cœurs si brûlants ; aussi leur entrevue ne fut pas toujours pour eux sans danger. Cependant le jeune homme avait une conscience, et son amour était trop délicat, pour qu'il osât abuser de l'innocent abandon de Dorothée.

Ce fut sur cette heure de l'amour, que le débauché Sélenberg bâtit son plan. Il choisit pour l'exécution une soirée très-obscure et un moment où le père était absent pour plusieurs jours.

Wilhelmi était à la maison , comme de coutume. Sélenberg amena quelques jeunes gens. Il était au comble de la joie. Il proposa de jouer au gage-touché , fit faire du punch , et persuada à Dorothée d'en boire quelques verres. Puis on se remit à des jeux échauffans. Enfin Sélenberg s'apperçut qu'il était tard , et il fallut bien se séparer. Lorsque les autres étrangers furent partis , Wilhelmi chercha aussi son chapeau et fit signe à Dorothée. Elle prit sa lumière et gagna sa chambre en bondissant , après avoir donné la bonne nuit. Sélenberg entra dans la sienne et Wilhelmi resta sur l'escalier , pour , lorsque tout serait tranquille , aller passer une petite demi - heure près de Dorothée. Mais tout à coup le domestique de Sélenberg descendit avec un flambeau et eut l'honnêteté d'éclairer le jeune homme jusqu'au bas de l'escalier , malgré que celui-ci l'assurât mille fois qu'il connaissait parfaitement la maison. Le domestique le reconduisit jusqu'à la porte qu'il ferma après lui , se mit en faction à une fenêtre près de la porte, et y demeura jusqu'à ce que Wilhelmi perdît patience et regagna son logis.

Cependant Sélenberg se glissa tout doucement dans la chambre de Dorothée, dont la porte était à demi-close, et appela en entrant : st, st ! — Dorothée entendait encore du bruit au dehors : c'était le domestique de Sélenberg, qu'elle prenait pour le maître lui-même et elle ne souffla pas le mot, pour qu'on ne s'apperçût pas de l'innocente visite de son cher Wilhelmi, et pour ne pas donner matière à de mauvais bruits. Elle prit dans ses bras l'amant supposé, qu'elle serra sur son cœur palpitant et doublement enflammé. Les aller et venir ne discontinuaient pas dans la salle, ainsi il lui fallut garder le silence.

Passons rapidement sur un crime qui donna à ce malheureux une nuit voluptueuse, et qui combla d'affliction plusieurs personnes tant qu'elles vécurent. Le scélérat s'applaudissait en silence de

son triomphe sur la simple innocence.
Enfin il se fit connaître à cette pauvre
fille profondément affligée. Il fit,
comme si leur rencontre avait été l'effet du hasard, et comme si Dorothée
avait su qui elle avait près d'elle. Dorothée fut immobile d'étonnement,
lorsqu'elle reconnut la voix de Sélenberg. Elle voulut faire un mouvement
violent, pour s'arracher de ses bras,
ou tenter de se faire jour par un cri.
Elle ne put ni l'un ni l'autre ; elle n'eut
la force que de gémir. Sélenberg chercha à la tranquilliser, en rejettant la
faute sur le feu de son amour. — Je
passais hier soir devant votre chambre,
dit-il, ma chère, mon éternelle amie,
et je trouvai la porte à demi-close. Alors
je voulus vous souhaiter une bonne
nuit. Dans le moment même où j'ouvris
la porte, j'entendis quelqu'un sur l'escalier. Devais-je, ma chère demoiselle,
exposer votre innocence au soupçon ?
Il me fallut donc entrer, pour ne pas
être remarqué. Je vous appelai : st,
st ! je voulais vous dire comme la

chose s'était passée, et vous-même,
Dorothée, vous me serrâtes sur votre
sein, vous-même. . . .

— O! Dieu! moi-même! s'écria douloureusement la pauvre fille. — Elle
s'arracha de ses bras, et dit en pleurant : ô laissez-moi! malheureuse que
je suis!

Sélenberg lui jura amour et fidélité
éternelle; mais elle entendit cette promesse dans un muet désespoir. Il sortit
enfin, parce que le jour commençait
à poindre. Si le scélérat avait pu voir
quel profond désespoir déchirait le
cœur de cette malheureuse, comme
elle se précipitait à genoux et maudissait le retour de la lumière, qui colo-
rait déjà l'orient, comme elle cachait
son visage dans les coussins et invo-
quait la mort à grands cris, il ne se
fût pas applaudi long-tems de sa victoire.

Dorothée commença insensiblement
à réfléchir sur les suites. Elle croyait
bien que le hasard seul l'avait rendue
infidèle; mais bientôt elle pensa avec

une nouvelle inquiétude, que la veille au soir Wilhelmi lui-même avait rodé près de la porte et avait pu conséquemment tout remarquer. Sélenberg lui parut aussi innocent, qu'elle l'était elle-même. Elle sentait à la vérité de l'aversion pour lui, mais pourtant point de haine. Elle attendit avec une vive impatience l'arrivée de son amant, et trembla cependant lorsqu'il parut. Tout à coup elle entend la voix de Wilhelmi dans la cour, et vole à la croisée. Il lui lança une œillade amicale, qui ramena dans son ame une lueur d'espérance.

Elle descendit, et les premières paroles que lui adressa son amant, furent des excuses pour la veille. — Ma chère Dorothée, lui dit-il, le valet de chambre de Sélenberg m'a éclairé jusqu'à la porte de la maison, et a fermé derrière moi; puis, ce sot personnage s'est juché à la fenêtre, comme s'il voulait dire: aujourd'hui, tu ne viendras pas voir ton amie.

Dorothée vit avec plaisir que Wilhelmi ne savait rien, mais elle fut saisie lorsqu'elle entendit parler du valet-de-chambre. Elle s'apperçut alors que tout n'était pas l'effet du hazard, mais bien un projet prémédité. Elle se débarrassa de Wilhelmi, le plutôt possible, pour repasser encore, dans son esprit, cette fatale aventure. Un froid mortel parcourut ses veines, lorsqu'elle trouva que tout était concerté, comme les parties d'un plan réfléchi, depuis le punch échauffant, jusqu'au moment où Sélenberg se fit connaître. Ensevelie dans ses réflexions, les mains jointes, son visage couvert du froid de la mort, et affaissé sur sa poitrine, elle était assise dans cet état, lorsque Sélenberg ouvrit la porte et entra. Elle reprit ses sens, lorsqu'elle l'apperçut, et la colère s'alluma dans son cœur. Cependant, le respect qu'elle était accoutumée à porter à son maître, l'empêcha de lâcher la bride à sa passion ; elle se contenta de dire avec exécration : ah ! laissez-moi, laissez-moi ! je veux être seule.

Sélenberg tâcha de la calmer, et parvint, en effet, à lui faire, de nouveau, paraître vraisemblable, qu'ils ne devaient qu'au hazard leur faiblesse réciproque. — A présent, continua-t-il, je puis aussi vous dire qui allait çà et là devant la porte. C'était mon valet-de-chambre. Hier au-soir, il reçoit des lettres pour moi, passe dans ma chambre et m'y attend. Au bruit de ma marche, il vient à ma rencontre, je l'entends, au moment même où j'avais poussé votre porte. Il ne sait pas où je reste si long-tems; il monte et descend, parce qu'il s'imagine qu'à la fin je reviendrai pourtant. C'est ce qu'il m'a raconté depuis, et moi, je lui ai dit que j'étais rentré dans mon appartement, par la porte de derrière. Ainsi, ma chère Dorothée, votre réputation est à couvert.

Sélenberg remarqua que le visage de Dorothée se calmait un peu. Alors il s'assit sur elle, lui déclara son amour brûlant, protesta qu'il ne pouvait être heureux sans sa possession. Dorothée se tût; car, que répondre à un homme avec qui elle était en si triste relation? Il commença, bientôt, à se permettre de nouvelles libertés; mais Dorothée, par un violent mouvement d'indignation, s'arracha d'entre ses bras.

Il prit cette manière d'agir pour une défense de parade, commune aux filles qui retardent le moment du plaisir. Il espéra de la rendre bientôt plus complaisante, mais il fut bien trompé. Tant que le père Grell fut absent, Dorothée coucha aux côtés de sa mère, évita toutes les occasions d'être seule avec Sélenberg, et déjoua, avec fermeté, tous les plans qu'il formait, de lui parler entre quatre yeux. Cependant, ne voulant point lâcher sa proie, il fut obligé de recourir à un autre expédient. Il s'approcha une fois très-près de Dorothée, et comme elle se levait, il lui dit: ne vous en allez pas! j'ai quelque chose à vous dire, concernant Wilhelmi. Vous l'aimez, je le sais, et je m'en réjouis moi-même, tant j'aime à voir des heureux. Dorothée! il sera
bientôt

bientôt votre époux. Le ministre de
Grundriz est vieux. Il faut que Wilhelmi
prenne la cure demain, non pas comme
adjoint, mais bien comme ministre. Je
veux pensionner le vieux prêtre. Voyez,
Dorothée, ce que je vous offre : je ne
demande, en retour, qu'une petite
place dans votre cœur.

Le plan convenait parfaitement à
Dorothée, car elle voyait bien que,
sans l'aide de Sélenberg, les prétentions
de Wilhelmi pouvaient éprouver encore
un long retard. Elle s'efforça d'affecter
un visage riant, et le remercia de sa
bonté. Sélenberg compta sur la victoire, et attira Dorothée à lui, dans
ses bras. Elle souffrit, pour le bonheur de son cher Wilhelmi, tout ce
que la chaste décence peut permettre,
même un baiser ; mais elle s'échappa
bientôt de ses bras, en demandant si
elle pouvait annoncer à Wilhelmi, les
faveurs de son excellence. — Très-volon-
tiers, répondit Sélenberg, mais à condition, chère Dorothée, que vous
laisserez, encore une fois, la porte

de votre chambre entr'ouverte pour
moi. — Dorothée recula d'indignation.
—Vous imaginez-vous, reprit-il, que
je vais rendre mon rival heureux, sans
l'être moi-même? cher enfant, j'ai cru
que vous accepteriez ma proposition.
Tenez, ce soir, je viendrai encore une
fois dans votre chambre, et sous peu
de jours, vous voilà la femme de Wilhelmi. Chère Dorothée, il est peut-être
urgent que vous hâtiez votre mariage,
car vous pourriez bien être mère. —
Dorothée ne comprenait pas le sens de
ces mots; mais, entendant l'explication, elle pâlit d'effroi. Sélenberg crut
alors toucher au but. A peine Dorothée eut-elle un peu réfléchi, que la
colère l'emporta, et qu'elle inonda son
corrupteur des plus amers reproches.

— Ne vous fâchez pas, chère Demoiselle, dit-il d'un ton calme, en l'in-
terrompant: quel si grand mal ai-je
donc fait? est-ce ma faute à moi, si
votre porte s'est trouvée ouverte? si je
n'étais pas un homme d'honneur, je
pourrais, d'un mot, faire entendre à

Wilhelmi, comment il se fit, qu'il ne put venir vous trouver cette nuit, comme de coutume. Vous voyez, chère Dorothée, que vous êtes en mon pouvoir. Cela ne peut pas être autrement, et lorsque je veux bien me taire, vous devez aussi être honnête.

Le scélérat déployait toute la noirceur de son ame aux yeux de cette innocente fille, accablée de douleur. Au lieu de se rendre, comme l'espérait Sélenberg, au lieu de lui tout accorder, elle s'écria, avec des regards pleins de flamme : monstre affreux ! exécrable monstre ! —Elle saisit en même-tems une paire de ciseaux, dont elle voulut se frapper le sein. Sélenberg s'élança dans ses bras, et essaya de la calmer ; mais elle était trop profondément pénétrée, et ne cessait de crier d'un ton effrayant : monstre ! abominable monstre !

Son père, qui précisément arrivait de son voyage, accourut aux cris, et demanda tout effaré : au nom de Dieu ! qu'y a-t-il donc ? —Ce monstre-là, répondit

Dorothée, m'a rendüe malheureuse, je suis enceinte de lui. — Le père devint d'abord pâle comme la mort ; mais bientôt outré de fureur, il saisit le scélérat à la gorge, comme s'il voulait l'étrangler. Sélenberg s'échappe, s'élance hors de la chambre, appelle ses domestiques, fait mettre les chevaux et part encore dans la même heure à toute bride. Pendant ce tems, Dorothée s'était évanouie dans les bras de son père, et cet infortuné n'avait pu l'abandonner dans cet état. Avant qu'elle fût revenue à elle, la mère entra dans la chambre. Le père s'informa à Dorothée avec ménagement des circonstances particulières. Elle raconta sa lamentable histoire, et la mère tomba en défaillance sur le plancher.

Enfin, on revint à soi, et l'on se mit à réfléchir ; on dit à Dorothée qu'elle pouvait bien n'être pas grosse. Son père lui fit entendre que, malgré son faux pas, elle n'était point coupable d'infidélité envers Wilhelmi, et qu'elle pourrait encore être une femme heureuse. Dorothée ne répondit rien, mais sentit qu'elle était malheureuse à jamais.

Vers le soir, arriva une lettre de Sélenberg, que la dernière scène avait pourtant ébranlé. De la ville la plus prochaine, il écrivait au père qu'il voulait donner à Wilhelmi la cure de Grundriz, et ajoutait que le mariage de Dorothée raccommoderait tout. Dans tout cela, Sélenberg nourrissait sans doute la secrète espérance, que la femme du Ministre resterait toujours avec lui en liaison cachée, que l'on rendrait mystérieuse pour le mari.

M. Grell ouvrit la lettre. À peine eut-il dit : c'est de Sélenberg, que Dorothée l'arracha d'entre ses mains, et la déchira en disant : rien de ce scélerat ! — Le père fut un peu piqué du prompt mouvement de sa fille, mais le coup était fait. Il rassembla les morceaux, et les renvoya sous enveloppe à Sélenberg. Celui-ci vit assez clairement qu'on ne voulait plus traiter avec lui. Il partit sans délai pour la résidence, quoiqu'un peu mécontent de lui-même.

Dorothée ne savait alors à quoi se déterminer. Pendant quelques jours, elle se dit malade, ce qui était à moitié vrai, et par ce moyen, elle put éviter les tête-à-tête avec Wilhelmi. Pour la dissiper, son père l'emmena chez un parent, où Wilhelmi ne put la suivre. A son retour, le jeune homme vint la voir comme auparavant, mais elle eut peine à garder bonne contenance devant lui. Elle songeait avec inquiétude à son établissement. Wilhelmi voulut la tranquilliser à ce sujet, et se présenter à l'examen. Pour cela, il fut obligé de passer un mois entier dans la capitale. C'est dans cet intervalle que se fit la fatale découverte que Dorothée était vraiment enceinte.

Lorsqu'il ne fut plus possible de douter de ce malheur, Dorothée éprouva faiblesse sur faiblesse; la mère se lamentait à haut cris, et le père levait les bras vers le Ciel. Cependant il fallait

prendre une résolution quelconque.
Dorothée voulait tout découvrir à Wilhelmi, et lui abandonner la décision
de son sort. — Qu'a-t-il besoin d'apprendre ton malheur, dit le père ? Tu es
innocente, Dorothée, mais un homme
doit ignorer ces sortes de choses. Suis
mes conseils, chère et malheureuse
enfant; cache-lui ce secret : nous em-
ploierons tous les moyens pour couvrir du mystère cet accident.

Dorothée fit encore quelque résistance, mais ses parens la prièrent si
instamment, qu'elle ne put à la fin
s'opposer à leur desir. On cacha donc
au bien-aimé ce qui s'était passé. Dorothée devint de jour en jour plus retirée
et plus taciturne.

Sélenberg, malgré qu'il sentît sa
vanité piquée, voulut pourtant chercher à réparer son injustice. Il donna
à Wilhelmi la paroisse de Gundriz, espérant que les parties se raccommode-
raient entr'elles. Wilhelmi, au comble
de la joie, prit possession de Gundriz,
et pressa alors les parens de Dorothée

de ne pas retarder plus long-tems son
bonheur. Ceux-ci inventèrent des raisons assez naturelles, pour acquiescer
à un délai d'environ six mois. En at-
tendant, les amans furent fiancés solemnellement, et tout parut promettre
une fin heureuse ; mais un nouvel accident détruisit de fond en comble le
plan de la malheureuse famille. Une
servante, en passant, avait entendu
Dorothée dire tout haut à son père
qu'elle était enceinte, lorsque celui-ci
trouva Sélenberg dans sa chambre avec
sa fille. Elle s'était arrêtée un moment ;
et ce qui suivit immédiatement, la
convainquit qu'elle avait bien entendu.

La curieuse servante surveilla alors
la famille, se mit aux écoutes le plus
souvent possible, et dans peu fut au fait
du mystère et de presque toutes les
circonstances. Elle en parlait déjà aux
gens de la maison, mais énigmatique-
ment, et personne n'y faisait attention. — C'est à présent, se dit-elle, que
tu peux tout exiger de ton maître.
— Elle devint donc excessivement pares-

seuse, et on lui fit des réprimandes
qu'elle reçut avec hauteur. Enfin, elle
commit une grande faute, et fut encore insolente, parce qu'elle partageait
la confidence d'un secret. Le Baillif
perdit patience, et, sans écouter ce
qu'elle voulait dire, la chassa hors de
sa maison. Cette fille agit comme les
gens du commun en pareil cas. Elle
courut chez le Ministre, qui précisément recevait la visite de son fils, et
lui découvrit que Dorothée était enceinte des œuvres d'un gentilhomme,
et qu'elle ne devait accoucher secrètement qu'avant les noces.

Wilhelmi, qui avait entendu avec
effroi ce récit, ne voulut d'abord rien
croire; le rapport que donna la servante,
de plusieurs petites circonstances,
lui fit entrevoir que tout n'était pas
supposé. Il fit promettre à la servante
de n'en parler désormais à qui que ce
fût, et elle tint parole, car sur l'heure,
elle retourna chez sa mère, qui demeurait dans un village éloigné. Wilhelmi,
rassemblant toutes les circonstances

éparses, trouva même le jour où Dorothée devait lui avoir été infidèle. Il
se souvint que le domestique de Sélenberg l'avait poliment chassé de la
maison, et que depuis ce soir, Dorothée l'avait accueilli froidement et d'une
manière équivoque. Il était déjà dupe ;
il devait craindre de l'être encore par
son mariage. Dorothée l'avait incité à
se donner des mouvemens pour hâter
son établissement, et Sélenberg lui
avait donné la cure de Gundriz, pour
faciliter par la suite leur frauduleux
commerce. Il se représenta aussi le
changement de couleur de Dorothée,
et ses incommodités. C'était aussi pour
cela, qu'à la grande surprise de tout le
monde, Grell avait été nommé baillif ;
c'était pour cela encore que Sélenberg
lui avait accordé un contrat de ferme
aussi avantageux.

L'amour brûlant de Wilhelmi essaya
pourtant de repousser toute idée d'infidélité de la part de Dorothée ; c'est
pourquoi il se détermina à garder le
silence et à tout faire pour s'assurer

de la vérité. Il alla chez le baillif, et
le pria d'avancer le moment des nôces.
Grell devint pensif, la mère pleura,
et enfin tous deux se refusèrent nettement à ses desirs. — Leur fille, disaient-
ils, devait auparavant aller visiter une
tante dont elle était héritière, et qui
exigeait que Dorothée allât passer quelques mois près d'elle. Wilhelmi demanda où était cette tante, ce qui semblait assez naturel, et on lui nomma
sa prétendue demeure. Il y écrivit ; mais
personne ne connaissait une femme de
ce nom.

Wilhelmi se tint toujours sur le qui
vive. Le baillif se mit en route et resta
huit jours absent. Wilhelmi apprit du
cocher qui l'avait conduit, qu'ils étaient
allés à une petite ville, à dix lieues de
là. Il s'y rendit à cheval, descendit dans
la seule auberge de l'endroit, s'informa
des pas et démarches de Grell, et apprit
qu'il avait loué une chambre chez une
accoucheuse, pour une personne qui
devait ne rester que quelques semaines.
Le malheureux jeune homme alla trou-

6

ver l'accoucheuse et demanda à voir la
chambre qu'avait louée un homme de
près de six pieds, habillé de vert, à
voix de basse-taille.

L'accoucheuse feignit l'ignorante. —
Ma chère dame, dit Wilhelmi, je suis
le frère de la malheureuse fille qui doit
accoucher ici ; je voudrois seulement
voir la chambre et toutes les aisances
qu'elle offre. Elle devra peut-être se
mettre en route plutôt que nous ne
pensions. D'après ce que vous a dit mon
père, quand est-ce que ma sœur doit
arriver ici avec ma mère ? Mais, ma
chère dame, soyez sur-tout bien dis-
crète ; personne ne doit savoir qui nous
sommes.

La femme ne fit plus de scrupule
alors de dire au jeune homme ce qu'elle
savait ; mais elle ajouta : je ne crois pas
que votre sœur accouche plutôt, si tout
va dans l'ordre ; car votre père a même
spécifié l'heure et le jour. — Eh bien !
reprit Wilhelmi, mon père pourrait
pourtant se tromper. Quel jour pense-
t-il donc ? — La femme le lui nomma.

— C'est juste. — La vipère l'avait fait sortir de la maison par le valet - de-chambre , afin de pouvoir reposer sans trouble dans les bras du libertin gentil-homme.

Wilhelmi se hâta de retourner à la maison , avec la résolution de se ven-ger de la perfide. Le pensionné ministre de Grundriz avait une bonne et aima-ble fille , qui avait toujours été fort honnête envers le successeur de son père. Caroline plût à Wilhelmi et il l'aurait sans scrupule choisie pour sa femme , s'il n'avait déjà aimé Dorothée. A son retour , il la trouva (car l'ancien ministre demeurait encore au presby-tère) occupée à parer sa chambre de fleurs et de verdure. Quoiqu'elle ne pût pas être sa femme (ce qu'elle était loin d'espérer) , elle voulait pourtant se mettre bien avec lui, et c'est pour cela , qu'elle avait conçu l'idée de lui don-ner une surprise agréable à son retour.

— Cette fille , se dit Wilhelmi , t'offre son cœur de si bonne grace , et un ser-pent que tu réchauffais dans ton sein ,

empoisonne et détruit ton bonheur. —
Pénétré de cette idée, il embrassa Caroline avec feu, et lui dit : ô ! que vous
êtes bonne et aimable ! — Elle ne se
retira point d'entre ses bras, et sourit
agréablement. Il la pressa sur sa poitrine, et lui demanda : me serais - tu
fidèle, chère enfant ?

— Jusqu'à la mort ! repondit Caroline, une de ces bonnes personnes qui
portent le cœur sur leurs lèvres et qui
ne savent pas ce que c'est que dissimuler.

Dans ce moment le vieux prêtre entra
dans la chambre. Wilhelmi conduisit
devant lui sa fille, et lui demanda :
voulez-vous me donner votre fille pour
épouse ? — Mais je crois que vous êtes
promis à Mademoiselle Grell ? — Tout
est rompu ! répondit Wilhelmi avec un
regard sombre. Mais dès demain, bon
père, dès demain il faut publier les
bans et nous unir. Je paie la dépense
au consistoire. — Le père et la fille
firent plusieurs objections ; mais Wilhelmi persista dans ses desirs, et le len-

demain matin, à onze heures, après l'office, à la grande satisfaction de toute la commune qui aimait son ancien pasteur, il fut uni à sa fille au pied des autels.

Alors il entra dans sa chambre, et s'assit pour écrire à Grell. Il·sentait maintenant ce qu'il avait perdu, et un vif tremblement l'empêchait de tenir la plume. Sa colère avait disparu, et il pleurait en se cachant le visage. Enfin il écrivit et tout ce qu'il traçait lui semblait trop dur. « Cher M. Grell, je me suis marié ce matin. Long-tems j'ai cru à la vertu et à la fidélité de Dorothée, et je voudrais pouvoir toujours douter qu'elle ait voulu me tromper. Mon mariage vous épargne un aveu, qui (je le sens à mes larmes), n'eût pas manqué de vous coûter beaucoup. Jamais homme n'apprendra de moi l'état de Dorothée, moi-même je ne chercherai pas à savoir comment elle a succombé à cette faiblesse. Portez-vous bien ! Je vous souhaite avec un

cœur brisé , à vous et à votre fille ,
bonheur et repos.

WILHELMI ».

La lettre qui fut envoyée sur - le-
champ , surprit la famille Grell dans
une réjouïssance devenue rare pour
eux. Lé valet-dè-chambre Ahrens leur
avait fait une visite. Il avait suivi , en
qualité de domestique , le prince héré-
ditaire dans son voyage , et lui avait
toujours fait preuve de fidélité. Lorsque l'ancien valet-de-chambre mourut,
Ahrens le remplaça dans son poste.
C'était la vraie place d'un homme si
droit et si vertueux. Maintenant il voulait être utile à sa sœur , si elle vivait
encore. Dans sa jeunesse , et avant qu'il
partît pour son voyage , il s'était informé d'elle et avait appris que , quelques années après la mort de ses père
et mère , elle avait quitté le village. La
sœur savait aussi peu où pouvait être
son frère. Depuis , Ahrens avait fait
des recherches plus exactes , et avait
appris enfin qu'elle avait fait un bon

mariage, et que son mari avait affermé le bien de M. de Sélenberg. Il résolut d'aller le voir, en demanda la permission, et arriva précisément le matin du jour où Wilhelmi s'était marié.

On peut se figurer la joie de la sœur et de ces braves gens. Grell vit du premier coup-d'œil, que son beau-frère était un honnête homme. On s'ouvrit bientôt mutuellement les cœurs; seulement on garda le *tacet* sur l'accident de Dorothée, parce que Ahrens ne pouvait rien changer au point principal. La famille était justement à souper, et l'on trinquait au bonheur des époux, lorsqu'une lettre arriva.—De Wilhelmi! dit Grell, et l'on but encore une fois à la ronde. Il ouvrit alors la lettre, dont les premiers mots le rendirent pâle comme la mort. Il voulut se lever pour cacher son émotion, mais il chancela, et fut obligé de se rasseoir. Dorothée jeta un grand cri, et tendit vers son père des bras tremblans. La mère regarda fixément sa fille et ensuite le ciel. Le père reprit la lettre,

pâlit de nouveau et voulut enfin sortir.
Dorothée l'embrassa, et lui demanda
avec inquiétude : qu'y a-t-il donc, mon
cher papa ? — Il sait tout, répondit
Grell, et Dorothée tomba évanouie
dans ses bras. — Dieu du ciel ! s'écria
la mère : il sait tout ! — et il s'est
marié aujourd'hui, ajouta le père ; mais
ne le dites pas à Dorothée.

Le malheureux fendit le cœur de son
épouse ; elle tomba sans connaissance
dans les bras de son frère. Ahrens lut
la lettre, fut saisi, jeta un regard sur
Dorothée, et fut encore bien plus surpris, lorsque son embonpoint ne lui
laissa aucun doute.

On porta au lit la mère et la fille.
Alors Grell raconta à son beau-frère la
déplorable histoire. — Tiens, mon frère,
dit-il, en terminant, il en résultera
malheur, je le sais ; mais.... (il saisit
un couteau sur la table) je vais à la
résidence ; au milieu de la cour, je veux
plonger ce couteau dans le sein du
monstre. Je le ferai, mon frère, aussi
vrai que Dieu me sera miséricordieux.

Ahrens ne put qu'avec peine calmer Grell. Tous deux réflechirent sur le mode d'annoncer à Dorothée le mariage de Wilhelmi. Ahrens se chargea de faire le lendemain matin cette triste commission. Dorothée l'écouta tranquillement, et dit enfin en souriant douloureusement : Dieu veuille qu'il soit heureux ! Elle parut profondément réfléchie, sourit cependant toujours, parla avec résignation de sa destinée, et se leva pour aller près de sa mère. Elle paraissait calme ; mais ses passions la travaillaient intérieurement avec tant de force, que l'idée de sa perte et de son déshonneur lui perçait le cœur, comme de mille poignards. La mère cacha son visage décoloré, lorsqu'elle vit entrer sa fille, et alors les sensations de la pauvre fille reprirent une nouvelle vivacité. — Maman ! s'écriat-elle avec un accent déchirant, je veux mourir. Ne cachez point votre visage, lorsque je suis près de vous ! — Son air était comme égaré. Son père voulut la retenir, mais elle lui échappa, et s'é-

lança en criant : je veux mourir ! ici,
en sa présence, devant la porte !—Une
vive frayeur agit puissamment sur la
santé de la mère. Elle eleva les bras,
murmura encore : Dorothée ! mon enfant ! — et un coup-de-sang vint mettre
un terme à sa vie malheureuse

Ahrens poussa un cri, la secoua,
lui jeta de l'eau sur le visage, mais
le réveil était impossible. Le père rentra alors dans la chambre avec Dorothée. Ces douleurs multipliées les rendirent froids et immobiles. Ils ne pleu-
raient point ; au contraire, ils portaient
envie à la défunte, et s'estimaient heureux de pouvoir partager son sort. Ce
ne fut qu'après quelques momens, qu'ils
sentirent les plaies de leur ame. Le père
et la fille étaient assis sur le cercueil
de la mère, la bouche muette, l'œil
sec, le visage consterné : seulement ils
croisaient de tems en tems leurs bras
au dessus du cercueil. Ahrens eut beau
faire, il ne put les arracher à leur
sombre douleur. Le père disait, lorsqu'Ahrens lui rappellait qu'il négligeait

les affaires de la maison : d'abord l'enterrer, puis j'allume ici un enfer, et
je me précipite dans les flammes. —
La seule chose qui produisit sur lui
de l'effet, fut l'idée de sa fille. Lorsqu'Ahrens lui dit : tu veux donc faire
mourir aussi Dorothée ? Il répondit :
que dois-je faire, mon frère, je veux
suivre tes avis.

Après que la mère fut enterrée, Dorothée se jeta aux genoux de son oncle,
et dit en sanglotant : éloignez-moi des
hommes, sinon ma tête est perdue !
— Oui, loin des hommes ! répéta le
père : tout, tout, seulement loin de ces
monstres !

Ahrens quelques années auparavant
avait passé avec le Prince par Valbois,
et avait remarqué avec plaisir cette sauvage solitude. — Ainsi cet endroit te
plait? demanda le Prince. — Oui, votre
excellence, beaucoup, et lorsque vous
serez las de moi, je vous prierai de
me donner cette demeure et le jardin,
jusqu'à ma mort. — Bon ! dit le Prince,
je te l'accorde ; seulement tu resteras

près de moi , tant que je vivrai. — Ahrens pensa alors à ce Valbois, et en parla à son beau-frère.

Grell n'était à la vérité point en état de faire face à ses affaires , tant le malheur l'avait attéré. Un fermier du voisinage reprit son contrat. Ahrens retourna à la résidence, et envoya bientôt à son beau-frère la permission par écrit du Prince, de se retirer à Valbois, et de jouir des appartemens dans le château , ainsi que du jardin. Sitôt que Grell eut cette permission , il disparut avec sa fille , et personne ne sut où il s'était retiré.

Dorothée , qui se nommait alors madame Schwarz, accoucha d'une fille à Valbois. Ni elle , ni le père ne recouvrèrent leur sérénité , et leur cœur nourrissait une haine inextinguible contre Sélenberg. Grell était alors l'ennemi déclaré des hommes , parlant peu , évitant toute société , il employait presque tout son tems à la culture de son vaste jardin. Chez Dorothée , l'amour pour Wilhelmi n'était pas encore éteint; au moins elle se persuadait qu'elle l'aimait encore, pour en mieux détester Sélenberg.

Depuis sept ans, ils vivaient ainsi cachés, lorsque Grell se vit enfin obligé de reparaître parmi les hommes. Quelqu'un s'était adressé à la chambre du Prince, pour acheter Valbois. Mais cette sauvage solitude était devenue trop chère au misantrope Grell, pour qu'il ne mît pas tout en œuvre, à l'effet de s'en assurer la possession. Il se rendit lui-même à la résidence près de son beau-frère, pour pousser l'affaire avec plus de chaleur. Ahrens qui était au château de plaisance avec le Prince, obtint facilement que Valbois lui fût conservé, et il lui donna en outre Emilie, en ajoutant: c'est une vengeance contre Sélenberg. Le scélérat aime cette fille; sauve-la de ses griffes, et prends-la avec toi. Il faut laisser au ciel le soin de punir le criminel; car le Prince dit: de telles choses ne sont pas sous ma jurisdiction.

Emilie entendit raconter cette histoire de la bouche de Dorothée, cette
même fille, trompée et malheureuse,
et sa haine contre Sélenberg en prit
un nouvel accroissement. Du reste, elle
vivait dans le cercle étroit de ces respec-
tables personnes, avec autant d'agrément qu'elle pouvait vivre sans Seibold,
et elle tira beaucoup de profit du tems
qu'elle passa près d'elles. Elle apprit à
connaître que, malgré tout ce que le
passé lui représentait, elle n'avait point
mené une vie aussi utile que Dorothée,
qui soignait tout son ménage, aidait
à la culture du jardin, et était une
mère bienfaisante, pour toutes les
pauvres familles de charbonniers, qui
demeuraient dans la vallée. Elle assista
donc Dorothée dans toutes ses occupa-
tions, et trouva, bientôt, que le tra-
vail et la bienfaisance sont le fondement
du bonheur domestique, et qu'il est
plus difficile, à-la-fois, plus méritant
d'être bonne ménagère, mère soigneuse,
généreuse auxiliatrice des malheureux,

que

que de se percer le cœur d'un poignard,
comme Arria, et de dire : cela ne fait
pas de mal.

Dans Valbois, Emilie devint plus
simple, plus douce, plus affable, plus
gracieuse et plus contente qu'elle n'a-
vait jamais été. Elle eut, enfin, la joie
de revoir son amant, que les craintes
du Major avaient fait partir de Sollingen. Seibold, à son arrivée à Valbois, trouva Emilie vêtue d'un habil-
lement simple, au milieu des petites
filles de charbonniers, qu'elle exerçait
à tricoter. Elle le reconnut de loin,
poussa un cri de joie, laissa tomber
son ouvrage, et vola à lui, les bras
ouverts. Sa joie fut grande de la voir
si gaie, si bien portante, et il lui cacha, entièrement, le motif qui l'avait
amené près d'elle. Elle le présenta à
Grell et à sa fille. En peu de jours, il
obtint l'agrément, et bientôt après,
l'amitié de l'homme qui avait fermé
son cœur à toutes les autres créatures.

Seibold s'établit à Soudenheim, malgré les instantes prières qu'ils lui firent

4. C

tous, de demeurer près d'eux. Mais
chaque jour il venait à Valbois, et vivait avec la famille, comme s'il en eût
fait partie. Emilie et Seibold avaient
déjà eu des jours fort heureux ; ils
étaient toujours ensemble, tantôt dans
les cabanes des charbonniers, tantôt
au milieu des enfans ; quelquefois ils
s'enfonçaient dans l'épaisseur de la forêt, et leurs cœurs se rapprochaient
mutuellement de plus en plus. Emilie
sentait un amour plus véritable, plus
pur, plus sacré, pour Seibold, et celui-ci ne pouvait, de son côté, se refuser plus long-tems à cette vertueuse
fille. De jour en jour, leur confiance et
leur tendresse mutuelle augmentaient,
et sans qu'eux-mêmes le sussent ou le
cherchassent, le moment arriva, où
Emilie, penchée sur le sein de Seibold,
entendit de sa bouche ces mots ac-
compagnés de larmes : oui, je t'aime,
bonne Emilie, oui, plus que ma vie.
Je veux tout faire pour obtenir ta main,
et te rendre aussi heureuse que j'espère
l'être par toi.

Leur bonheur était alors inexprimable ; mais le sombre nuage qui devait le détruire, planait déjà au-dessus de leurs têtes.

Sélenberg avait enfin découvert que Seibold était à Soudenheim. Il y arriva déguisé en simple bourgeois, et se glissa même, aussi *incognito* que possible, jusqu'à Valbois. Là, il vit Emilie qui était devenue encore plus ravissante, et Seibold qui l'embrassait. Il en donna de suite avis à Charles, le priant de venir dans une ville voisine, qu'il lui désignait, ne se sentant pas capable d'enlever lui-même Emilie. Charles vint, et le plan fut dressé. On ne voulait pas seulement s'emparer d'Emilie, mais même, une fois pour toutes, se débarrasser entièrement de Seibold. Lorsque tout fut bien combiné, Sélenberg retourna à la résidence, où tous les jours il parut à la cour, pour écarter tout soupçon, et abandonna à Charles l'exécution du plan qu'il avait conçu, lui recommandant d'attendre encore quelques semaines, pour que le coup ne pût aucunement manquer.

Valbois était situé sur la frontière. Au chemin du château à Soudenheim, aboutissait le territoire d'une ville impériale, où se trouvaient des recruteurs autrichiens. Un soir, que Seibold, après avoir quitté Emilie, retournait tranquillement chez lui, il entendit un cri affreux, et vit un homme couché par terre, qu'un autre menaçait de son épée. Seibold courut au secours. — Ayez pitié de moi, criait, d'une voix lamentable, l'homme terrassé. — Seibold demande: que se passe-t-il entre vous ? — Monsieur, répond l'homme debout, que vous importe? — Là-dessus, il tombe à grands coups sur le malheureux. Seibold saisit le furieux à la poitrine. Dans ce moment, l'autre se relève précipitamment, et s'enfonce dans le taillis, comme un cerf chassé par les chiens. — Au secours ! s'écria, alors, l'homme que Seibold avait empoigné. — Alors, paraissent cinq à six garnemens, qui entourent Seibold et le saisissent, sans qu'il puisse échapper.

Seibold entendit avec effroi qu'il se trouvait entre les mains de recruteurs autrichiens, et que l'homme qu'il venait de délivrer, était un recrue qui n'avait pas voulu marcher. Il fut pris pour remplacer l'homme échappé, et conduit au logis des recruteurs autrichiens, dans la ville impériale. Là, il demanda d'acheter un recrue; mais on exigeait une somme exorbitante, qu'il n'avait pas sur lui. Ainsi, dès le lendemain matin, il fut obligé de partir avec un convoi pour la Bohême. Il pria l'officier chargé des levées, de lui permettre d'écrire deux mots à une Demoiselle. L'ayant obtenu, il écrivit, en anglais, son malheur à Emilie, et ajouta cette remarque : que la chose ne lui paraissait pas naturelle, et qu'il lui conseillait d'être sur ses gardes, parce que Sélenberg ou son frère pouvaient être de la partie. — Pour ce qui me regarde, continuait-il, sois sans inquiétude; écris seulement de suite au Major. — Ce billet fut apporté d'abord à Charles, qui le fit passer exac-

3

tement à Valbois. Ce qu'il avait présumé arriva. Emilie voulut voir Seibold au moins encore une fois, et prit à grands pas, accompagnée de Dorothée, le chemin de la ville, qui n'était pas très-éloignée. Tout-à-coup, une voiture survient à leur rencontre; deux laquais sautent en bas, et portent Emilie dans la voiture, qui, bientôt, s'éloigne au galop.

—Emilie, dit Charles, qui s'était resserré dans un coin de la voiture, pour ne pas être apperçu de Dorothée : veux-tu donner ta main à Sélenberg? alors Seibold est libre ; mais si tu t'y refuses, il faudra qu'il marche en Hongrie contre les turcs. Il ne te reste pas d'autre choix à faire

—Je puis mourir, misérable que tu es ; mais je n'épouserai pas Sélenberg, quand même il serait en ton pouvoir d'égorger Seibold.... Charles, tu commets le crime, et pourquoi? pour qui? Tu te précipiteras toi-même dans l'abîme. Je me suis déjà sauvée une fois de tes mains, je le puis encore cette fois.

— Echappe, si tu le peux, pour le coup tu ne m'attrapperas point, mon enfant ; tout est combiné, et tu feras précisément tout ce que je voudrai.

Ils restèrent la nuit dans une petite ville. Le lendemain matin, Emilie se refusa d'aller plus loin ; mais son frère ordonna aux laquais de la mettre de force dans la voiture. Emilie cria au secours. Charles insista lui-même, pour qu'on fît venir un homme de justice, à qui il montra ses papiers. L'homme de loi demanda à Emilie : Monsieur est-il votre frère ? — Oui. — Eh bien ! il faut partir. — Charles sourit ironiquement, et Emilie s'assit dans la voiture sans plus de résistance.

— Je vois, dit Emilie, à peine assise, que tu t'es muni de toutes les pièces nécessaires à tes manœuvres ; il ne te manque qu'une chose, comme aux fripons de ton espèce, c'est le courage. — Je t'en prie, repondit-il, ne me mets pas à l'épreuve. — Elle sourit, fit arrêter à l'entrée d'un petit village, et descendit. Elle tira très-vivement les

4

pistolets de la poche de la voiture, et
les appuya sur le front de Charles. —
Eh bien! malheureux, s'écria-t-elle d'une
voix menaçante, et elle banda son arme.
— Charles pâlit, et dit : ma sœur, au
nom de Dieu ! — Donne-moi tes papiers,
malheureux que tu es ! — Charles tira
les papiers d'une main tremblante, et
les présenta. C'était un réquisitoire de
son père à toutes les autorités, d'as-
sister le jeune homme désigné, le gentilhomme de Halden, chargé de s'emparer de sa sœur, qu'il devait arracher
des bras d'un séducteur, et ramener à
ses parens. — Vois, lâche ! comme une
femme te tient en son pouvoir !... ô
Charles ! Charles ! ajouta-t-elle accablée
de douleur et les larmes aux yeux, combien il faut que tu sois méchant, pour
avoir peur d'un pistolet dans les mains de
ta sœur ! Elle jetta les pistolets par terre.
Dans le moment Charles sauta dessus,
en lui arrachant les papiers. Il les tira
en l'air, pour sa sûreté, ainsi que les
autres qui étaient encore dans la voiture.

Lorsqu'Emilie fut remontée, Charles

se serra dans le coin de la voiture, et fit craquer ses dents de dépit. Emilie se laissa emmener, sans plus chercher à s'échapper, voyant bien qu'il n'était plus possible de sauver Seibold.

Après une route de plusieurs jours, Emilie arriva enfin au lieu de sa destination. Charles la mena dans un bel appartement, et lui dit : Emilie, c'est ici que tu dois rester. Les précautions sont prises, pour t'ôter tout moyen de t'échapper. Nos parens prétendent que tu épouses enfin Sélenberg. Ne compte plus sur le Major, et encore moins sur Hennig. Qui sait où ce modèle de vertu rode à présent ! (Emilie écoutait attentivement). Il faut que je t'apprenne encore du nouveau. M. le maître des forêts a séduit une innocente demoiselle, rompu avec la comtesse Louise, s'est lassé de sa vie uniforme, et est allé en Russie combattre les Turcs. Sans doute, le Major aura suivi ce fils égaré. Si tu comptes sur l'appui du Prince, tu es dans l'erreur, car tu es ici en Prusse, dans une terre

5

qui appartient à Sélenberg. Nos parens
sont las de condescendre plus long-tems
à tes folles idées. Je te le dis clairement,
tu n'as rien de mieux à faire que de
donner de bon cœur ton consentement.
On te laisse au reste un mois pour te
déterminer ; mais alors, mon enfant,
le tems de grace sera passé. L'ordre de
te marier est arrivé du consistoire, tu
es promise solemnellement ; alors il
faudra voir comment Sélenberg en ter-
minera avec toi.

— Je te donne ma parole, répartit
Emilie avec fermeté, que je ne chercherai pas à m'enfuir ; je suis trop curieuse de voir comment, pauvres sires,
ton digne collègue Sélenberg et toi,
vous vous y prendrez pour forcer une
fille qui a du cœur. Quant à mon sort,
il ne m'inquiète point, mais bien celui
de mon généreux frère et de Seibold.
Tu ne me diras point ce qui regarde
Hennig, je le sais ; mais malheur à
toi, si jamais il a vent des scélératesses
au moyen desquelles on cherche à le
rendre malheureux ! Charles, tu n'es

pas méchant, mais tu hantes un monstre sous la forme humaine, Sélenberg. Tu veux devenir riche, puissant, et tu ne vois pas que ce même Sélenberg te sacrifiera sans scrupule, lorsqu'il en sera tems, ce qui peut fort bien arriver. Nous consentons, Hennig et moi, à rassasier ton avidité et ton ambition, au moins laisse-nous être heureux à notre manière. Mais, malgré toi, nous voulons l'être. Sélenberg ne sera pas mon époux, tant qu'il y aura des ciseaux, un couteau, ou bien une fourchette assez pointus pour entrer dans mon cœur. Dis - le à ton brave collègue ; maintenant tu as entendu mes dernières paroles.

Charles donna une femme à Emilie pour la surveiller, et recommanda aux gens de la maison de ne pas la perdre de vue. Julie, fille du forestier Silbermann, reçut la commission de s'attacher à Emilie, car Sélenberg comptait que Julie éveillerait ses sens par l'image du plaisir. Charles écrivit à Sélenberg de venir près d'Emilie le plus

6

promptement possible. Ses parens voulaient aussi s'y rendre (le père également sans doute, tout en faisant quelque
résistance), pour donner plus de poids
et de solemnité au mariage, en cas
qu'Emilie eût besoin d'être contrainte
par la force. Après quelques jours de
poste, Sélenberg répondit qu'il fallait
laisser à Emilie le mois qu'on lui avait
promis; que pourtant la mère ferait
bien de se rendre près d'elle pour la
tenir sous ses yeux.

Sélenberg ne pouvait pas venir, parce
qu'une petite affaire secondaire l'occupait sérieusement. Il était déjà revenu à
Valbois sous un nom étranger, et il ne
l'aurait pas quitté sitôt dernièrement,
s'il n'avait été obligé de le faire, pour
se mettre à l'abri du soupçon. Lorsqu'il y vint la première fois, il roda
à droite et à gauche autour de la maison où demeurait Emilie, pour reconnaître le terrain, les chemins et les
endroits cachés. Il grimpa sur les ro-
chers du côté du jardin, afin d'exa-
miner ce qui s'y passerait, du fond du

bocage, où il s'était embusqué. Tout à
coup il vit entrer dans le jardin une
femme qui attira toute son attention.
C'était Dorothée, qu'il ne put cependant remettre, parce que, huit ans
auparavant, elle n'était pas encore tout-
à-fait formée, et de très-dégagée qu'elle
avait été, elle avait pris de la taille et
de l'embonpoint. Ses traits avaient aussi
beaucoup changé. Jadis ses joues bril-
lantes de jeunesse étaient rondes de
santé, le rire pétillait dans ses yeux,
ses mouvemens semblaient une danse
continue. Maintenant son visage des-
sinait un parfait ovale, sur le fond blanc
et poli duquel se jouait un tendre car-
min, comme le reflet du crépuscule se
joue sur une onde de crystal. Ses yeux
étincelaient bien comme auparavant ;
mais la tristesse qui y dominait, in-
diquait assez que souvent ils nageaient
dans les larmes. Ses mouvemens étaient
plus doux, plus réservés, plus réglés.
Sélenberg ne put pas même la reconnaître à son ton de voix, lorsqu'il lui
parla depuis. Jadis sa voix avait l'éclat

d'une joie immodérée, maintenant elle était devenue timide, claire, un peu plaintive et sur-tout très-touchante.

— Sélenberg ne pouvait cesser de contempler cette belle personne, qui se promenait de long en large dans le jardin. Son cœur battit, et ses desirs s'allumèrent. Dorothée s'arrêta ; il lui sourit, lui envoya un baiser. Il se disait à lui-même : ô ! un baiser d'une si belle bouche ! — Lorsqu'elle eut enfin disparu, il s'informa d'elle au premier charbonnier qu'il rencontra. Cet homme dit : c'est madame Schwarz, une jeune veuve. — Sélenberg voulut avoir des détails plus amples et plus particuliers sur cette famille, et reçut pour réponse que le vieillard (c'était ainsi que ces bonnes gens nommaient M. Grell, lorsqu'ils parlaient de lui), avait reçu gratuitement du prince le jardin et la maison. — Et comment s'appelle le vieillard ? — Comment voulez-vous qu'il s'appelle ? Castlan, le nomme-t-on. — Mais son nom ? — Eh bien ! c'est son nom. — Un autre dit : il s'appelle

M. Schwarz. — Grell avait vécu là très-
retiré et avait si à cœur de garder l'*incognito*, que lorsque les charbonniers
le nommaient M. Schwarz, il les con-
firmait dans leur erreur.

Sélenberg crut donc que la belle
jeune veuve était la bru du vieillard.
Il vit Dorothée encore une fois, puis
une autre fois, et son image se grava
toujours plus profondément dans son
ame. Enfin il vit aussi le vieillard, et
le reconnut tout aussi peu que Dorothée. Il souhaitait qu'Emilie et Seibold
fussent déjà congédiés, pour pouvoir
lier connaissance avec la jolie veuve.
Il n'osa pas se présenter sous son vrai
nom, car il avait à craindre qu'Emilie
n'eût parlé de lui, et ne l'eût peint
avec des couleurs peu avantageuses. Il
résolut donc de faire cette charmante
connaissance sous un nom supposé.

Quinze jours environ après son retour à la résidence, lorsqu'il eut reçu
la nouvelle qu'Emilie et Seibold étaient
éloignés, il demanda au prince un nouveau congé, et vint à Sondenheim, sans

domestique, habillé simplement. Dès
le premier jour il alla se promener autour de Valbois, dans l'espérance de
rencontrer la charmante veuve. Il n'eut
pas ce bonheur ; mais Dorothée l'apperçut bientôt dans un éloignement et
le reconnut de suite. Elle accourut près
de son père, et lui dit en pâlissant :
Sélenberg est ici ! je l'ai vu ! — Le père
se lève, décroche de la muraille sa ca-
rabine. Dorothée se jette dans ses bras.
— O mon père ! dit-elle, nous avons
surmonté notre malheur ; voulez-vous
nous replonger dans un nouveau désastre ? faut - il que j'éprouve encore
celui ?... — Le père replaça sa cara-
bine, et demanda d'un ton plus calme :
que veut-il ? Emilie est partie, Seibold
aussi. Que veut ici ce monstre ? Il faut
que je le découvre ! — Il apprit bientôt
que Sélenberg était logé dans Sondenheim, qu'il se faisait nommer M. Muller, et qu'il s'était informé aux charbonniers de ce qu'était Dorothée, etc.
Grell, rassemblant tous les indices,
vit bien que Sélenberg n'avait reconnu

ni lui ni Dorothée. — Laisse le monstre venir roder par ici, dit-il à sa fille! on verra ce qu'il prétend. Mais malheur à lui, si je le reprends à jouer un nouveau tour! — Dorothée tâcha de maintenir son père dans ces bonnes dispositions, et il promit de ne pas se découvrir à cet homme abominable. Tous deux continuèrent à vivre comme de coutume, sans s'inquiéter davantage du scélérat. — Peut-être, dit Dorothée, le hasard nous apprendra-t-il quelque chose qui puisse être utile à la bonne Emilie.

Dès le lendemain matin, elle rencontra Sélenberg et garda assez bonne contenance. Seulement un léger frisson parcourut ses membres, lorsqu'il lui adressa familièrement la parole. — Chère demoiselle, ou madame, il y a une fille qui a vécu ici sous le nom de mademoiselle Schlutern; mais c'était proprement mademoiselle de Halden. Elle a été enlevée, et il y a des personnes qui s'intéressent à son sort. Le soupçon tombe sur son frère et sur un autre homme encore. Peut-être avez-vous entendu parler d'un certain Major de Halden , l'oncle de la demoiselle en question ? Vous obligeriez beaucoup ce respectable vieillard , si vous pouviez lui fournir des renseignemens exacts sur cet enlèvement. Je m'adresse précisément à vous , parce que nous savons que vous avez eu la complaisance de donner asyle dans votre maison à cette fille persécutée.

Dorothée , quoique fort émue , se tut. Sélenberg continua de parler , et Dorothée dit enfin : je ne sais si je puis répondre à vos interrogations , sans la permission de mon père. — Il voulut l'accompagner sur-le-champ , mais elle l'esquiva par un prétexte assez vraisemblable. Elle eût bien voulu se débarrasser de lui ; mais Sélenberg ne laissa point tomber la conversation , et s'informa alors du nom de son père. — Il s'appelle Schwarz. — Et vous ? — Je suis sa bru , et porte par conséquent le même nom. — Veuve , à ce que j'ai ouï dire ? — Dorothée s'inclina. — Le

sort vous a été bien cruel, madame !
— Oui, bien cruel ! dit Dorothée, émue
jusqu'aux larmes. — Il continua : —
Vous condamner ainsi à la fleur de
l'âge à une profonde solitude, aimable
comme vous l'êtes ! mais le ciel ne peut
pas être toujours impitoyable à votre
égard. Dès avant que je ne vous connusse, mon cœur s'intéressait déjà à
vous, car Emilie dans toutes ses lettres
parlait de sa nouvelle et digne amie.
O ! je sacrifierais volontiers tout mon
bonheur, si je pouvais essuyer les
larmes de ces beaux yeux. Pardon,
Madame, je suis ému. Dites à votre
père, que demain je viendrai lui parler. — Il fit un salut et se retira.

Dorothée le regarda long-tems aller
sans détourner les yeux, et murmura
ces mots derrière lui : ô monstre que
tu es ! — Elle revint à la maison, et raconta son entretien avec Sélenberg. Le
père et la fille ne préjugeaient pas encore, quel but pouvait amener ce
méchant homme : ils en devinrent plus
curieux de l'apprendre. Ils résolurent

de dissimuler, et le desir qu'ils avaient de se venger de ce scélérat, leur en donna la force.

Sélenberg vint le jour suivant. M. Schwarz fut sérieux, et pourtant honnête. Sur la demande qui lui fut adressée, relativement à Emilie, il raconta avec calme et froideur ce qu'il en savait, et termina par ces mots : que Dieu maudisse les barbares qui veulent faire le malheur de cette pauvre fille ! — Sélenberg chercha alors à s'attirer les bonnes graces du père, et demanda la permission de lui rendre quelques visites, pendant le tems qu'il comptait passer dans les environs. Grell lui dit : vous serez le bien venu. — A la fin, son rôle lui devint trop pénible. Il sortit, et Sélenberg demeura seul, dans la chambre, avec Dorothée.

Sélenberg entama alors une conversation, dans laquelle il fit à la belle jeune veuve mille agaceries adroites et spirituelles. Elle sentit enfin, avec effroi, combien la visite du scélérat lui coûtait. Lorsqu'il fut parti, elle fit part

à son père de ses idées. Grell réfléchit
en silence, et dit enfin : ne le rebute
pas tout-à-fait, Dorothée, sois honnête
envers lui !... La vengeance l'amènerait-
elle ici ? ou bien, nous reste-t-il encore
des maux à endurer? je t'en prie, Dorothée, sois honnête à son égard ! —
Grell roulait dans sa tête toute sorte
d'idées. Il ne pouvait pas encore s'accorder avec lui-même, pour la résolution à prendre. Devait-ce être la ven-
eance, ou quelqu'autre moyen quelconque ? Il résolut enfin d'attendre la
tournure des événemens, pour exécuter
eut-être ensuite un plan qu'il roulait
confusément dans son esprit.

Déjà, depuis plusieurs années, la
pauvre Dorothée, ne sentant plus si
vivement la perte de son cher Wilhelmi,
s'occupait spécialement du sort de. sa
fille. Sophie était un enfant né hors
du mariage, et parconséquent, suivant
le vulgaire préjugé, entaché de déshonneur. La mère ne pouvait jamais y
songer sans répandre des larmes brûlantes; c'est ce dont elle parlait le plus,

et toujours avec des plaintes touchantes.
Grell ne put jamais tranquilliser sa
fille sur ce point. Il ne se présentait
d'autre remède que le mariage de Sélenberg avec Dorothée ; mais il n'y avait
pas moyen d'y penser. Cependant, Sélenberg était là , et Grell sentit naître
dans son esprit l'idée de profiter de
cette circonstance.

Après plusieurs visites , il ne fut plus
douteux que l'intention du malheureux
ne fût de séduire Dorothée. Il la suivait
comme son ombre , et ne dissimulait
plus sa passion , quoiqu'il ne se décou-
vrît pas entièrement. Dorothée se trouvait dans une situation horrible ; elle
détestait le scélérat , et cependant son
père la priait instamment de ne pas
le rebuter, malgré ses poursuites.

Grell agité , chancelant, luttant avec
lui-même , allait sans savoir où. Enfin
Dorothée lui ayant rendu , de nouveau,
une conversation qu'elle avait eue avec
Sélenberg , il s'écria avec une farouche
vivacité: Il faut que le scélérat t'épouse.
— Dorothée répondit avec exécration ;

non, jamais. — Il le faut, ajouta le
père : il faut qu'il légitime ton enfant :
qu'il te donne son nom, et puis....
chère Dorothée, et puis tu ne le re-
verras plus. Mais il faut qu'il t'épouse,
qu'il s'unisse à toi ; c'est ainsi que nous
nous vengerons de lui. — Il développa
alors son plan à Dorothée. L'amour
maternel l'emportait encore sur sa haine
pour Sélenberg ; elle y consentit, et
alla près de son enfant, pour pouvoir
verser des larmes.

— S'il s'y refuse, disait Grell, lorsqu'il était seul ; s'il s'y refuse, alors le
monstre doit périr. — Depuis plusieurs
jours, déjà, il avait écrit à son beau-
frère Ahrens, de solliciter la permission
du Prince, pour que le prêtre de Sondenheim pût marier sa fille sans les
formalités accoutumées. Ahrens, qui
d'après le style de la lettre, soupçon-
nait de l'injustice, lui répondit par
un exprès à cheval, qu'il voulait savoir
avec qui. Grell lui manda alors son
plan, relativement à Sélenberg. Ahrens
soumit l'affaire au Prince, lui raconta

la perfidie du Président, et peignit le désastre de la malheureuse famille avec les couleurs les plus animées. Le Prince qui était alors fâché contre Sélenberg, parce qu'il lui imputait l'enlèvement d'Emilie, et que l'aventure de Dorothée avait vivement ému, accéda à la demande, fit expédier par le consistoire, les pièces, où les noms mêmes furent insérés, et les signa de sa propre main. Cet ordre parvint bientôt entre les mains de Grell.

Sélenberg ne savait que penser de la jeune veuve. Elle ne le repoussait, ni ne l'évitait, mais elle recevait en silence l'expression de son amour ; tremblait lorsqu'il lui prenait la main, et versait des larmes lorsqu'il lui passait un bras autour du corps. Ses déclarations devinrent enfin plus positives, et il joua la grande passion dans ses discours. Dorothée ne le brusquait point, mais son regard était toujours fixé à terre. Sélenberg prit le dédain qu'elle témoignait pour le desir et la pudique honte. Il insista alors plus fortement,

tement, et demanda un entretien secret. — Mon père est sévère, dit Dorothée avec un soupir; — et Sélenberg
crut toucher au moment de la victoire.
— Sévère? répondit-il en lui baisant la
main: qu'il soit sévère tant qu'il voudra, ma très-chère Dame! a-t-il besoin
de savoir avec quelle ardeur je vous
aime? oui, ma chère, je ferai volontiers le doux sacrifice de ne pas vous
voir tous les jours; mais si je venais
le soir? votre père se met de bonne
heure au lit, et je saurais trouver votre
chambre. Ah! ma chère Dame, j'ai encore à vous communiquer tant de
choses importantes à nous deux! il
faut absolument que je vous parle en
particulier. Vous serez heureuse et je
veux l'être aussi par cette belle main.
Ce soir, à dix heures, je serai près
de vous; l'osé-je? — Dorothée se tut,
détourna la tête et cacha son visage.
Il insista de plus en plus, protestant
de la pureté de ses intentions; enfin
Dorothée soupira tout bas, et en tremblant : Oui, je consens à vous entendre.

4.   D

Sélenberg avait donc triomphé. Il vint à dix heures, et Dorothée l'attendit à la porte. Elle monta avec lui deux escaliers, traversa des salles inhabitées, où il n'était jamais entré, arriva dans une chambre voûtée, et plaça la lampe sur une table de pierre. Puis elle se tourna vers lui et lui dit: A présent, M. Muller, qu'avez-vous à me communiquer? — Il l'embrassa, lui jurant un éternel amour. — Mais voulez-vous m'épouser? demanda Dorothée. — Oui, chère et aimable femme, cette pensée fait mon suprême bonheur, et je vous emmène avec moi, sitôt que mes affaires le permettront.

Il la reprit dans ses bras, et couvrit ses lèvres de baisers brûlans. Tout-à-coup la porte s'ouvre, le père entre suivi de deux charbonniers armés, et d'autres personnes étaient encore en arrière dans la salle. La porte fut refermée. Sélenberg recula, effrayé et tremblant. — Te tiens-je enfin, dit Grell, te tiens-je, scélérat?

— M. Schwarz, vous ne me recon-

naissez pas ; le plus pur amour m'a
amené ici près de votre généreuse fille.
Oui, je l'aime, votre fille ; serait - ce
onc un crime ? Je lui offre ma main,
trouvez-vous cela injuste ?

— Vous voulez - donc épouser ma
lle, demanda Grell, le regardant fixe-
ent ? — Ah ! vous me rendez l'homme
e plus heureux du monde, si vous
oulez bien consentir à notre union.

— J'y consens, répartit Grell. Il ou-
rit la porte, et dit : entrez M. le
inistre ! — Sélenberg fit en tremblant
des objections très-plausibles sur la pré-
ipitation de ce mariage ; mais Grell
it de sang-froid : vous serez marié ici
et sur-le-champ. — Sélenberg se retournant vers le prêtre, lui dit : vous ne
pouvez pas nous unir, il pourrait se
trouver des empêchemens canoniques...
D'ailleurs, j'ai besoin du consentement
de mes parens, qui, je l'espère, ne
me le refuseront pas. Mais, M. Schwarz,
vous nous privez, votre fille et moi,
d'une fortune considérable, si vous ne
retardez notre mariage de quelques

jours ; j'ai un oncle.... — A présent,
dans cette chambre, tu seras marié,
scélérat ! répondit Grell, que ces retards
impatientaient.

Sélenberg fut effrayé de ce ton
froid et résolu, de ce regard terrible et
courroucé du père. Il se dit à lui-
même, eh bien ! je vais me laisser marier sous un faux nom, et après, j'é-
toufferai l'aventure à force d'argent. —
Il dit, mais toujours agité de frayeur:
puisque vous persistez obstinément,
mon cher Monsieur, et quoique vous
ayez l'air de vouloir me forcer d'ac-
cepter cette main qui doit faire le sou-
verain bonheur de ma vie, je... je vous
en prie, bon père, réfléchissez !

— Sur l'heure, tu seras marié, scélérat !

Eh bien, soit ! je serai heureux quelques jours plutôt que je n'espérais.
Venez, ma chère !

Grell fit signe au ministre. — Ainsi,
commença le prêtre, c'est votre volonté, M. le Président.... Quel est
votre prénom ?

Sélenberg entendant nommer son titre, pâlit de nouveau et commença à trembler ; mais il se remit bientôt, et voulant sé donner un air d'autorité : oui, dit-il, je suis le Président de Sélenberg, et je vous conseille, M. le ministre, de bien réfléchir, avant de prendre part à une affaire, qui....

—Je sais ce que je fais, M. le Président ; je demande votre prénom.

—Louis-Guillaume, se ressouvint Grell.

— Je vois, dit Sélenberg, que l'on me connait ici parfaitement. Mais pensez-vous donc, M. Schwarz, que l'intrigue de cette comédie soit obscure pour moi ? on me leurre, ainsi que cette aimable femme. Est-ce le hazard qui a amené le ministre et tous ces gens là? vous vous engagez dans une fort vilaine affaire, M. Schwarz, et je vous prie d'en venir au dénouement. Je vous donne ma parole que je garderai le secret ; mais aussi laissez-moi aller !

—Sitôt que tu seras marié, scélérat !

3

répondit Grell, pas avant. Commencez,
M. le ministre !...

— Commencez ! s'écria Sélenberg,
que le ton froid et terrible du vieillard
atterrait encore davantage : sur votre
responsabilité ! M. le ministre ! je ne
veux pas me marier, je ne le veux pas!
entendez-vous ?

— Tu ne veux pas ? dit Grell : ah!
c'est une autre affaire. Réfléchis bien!
encore une fois : veux-tu, ou ne veux-
tu pas ? — Sélenberg persista dans son
refus. Grell alors ouvre la porte, et
dit : sortez tous ! — Lorsqu'il fut seul
avec le Président, il referma la porte,
et se retournant vers lui, en lui lançant un regard foudroyant : à present,
nous sommes seuls , monstre ! infernal
monstre ! n'as-tu pas peur? ne pressens-
tu rien? (il tira tout doucement de sa
poche un pistolet) pour la dernière
fois, abominable monstre! veux-tu être
marié ? — Sélenberg ne pouvait concevoir comment cet homme poussait
si loin ce qu'il appellait une plaisan-

térie. — Je consens, dit-il, à vous donner toute autre satisfaction ; mais je ne
veux pas me marier. Je ne vous ai point
fait de mal, M. Schwarz, et....

— Tu ne m'as pas fait de mal ? monstre ! quoi ! (l'image de sa femme expi-
rante était devant ses yeux) assassin de
ma femme ! profanateur de mon enfant ! s'écria-t-il d'une voix terrible, et
il lâcha le pistolet. La balle effleura
la tête de Sélenberg, fit presque tomber son chapeau, et rebondit sur les
murailles. — Tu ne veux pas ! s'écria
Grell, en montrant un second pistolet.
— Oui, j'y consens! dit Sélenberg pâle
comme la mort : sur mon honneur !
elle sera ma femme.

Grell réflechit un moment. — Misérable ! dit-il avec un sourire amer,
si je ne songeais à mon enfant,
tu périrais. — Il ouvrit ; tous entrè-
rent précipitamment, car le coup
les avait épouvantés, et la porte fut
fermée de nouveau. Blème, faible et
tremblant de tous ses membres, Sélenberg prit la main de Dorothée et s'a-

4

vança vers le prêtre, qui lui demanda :
C'est donc votre libre volonté, M. le
président, d'épouser cette Demoiselle
ici présente ! — Oui, ma libre volonté !
— Le prêtre lut le formulaire. Au nom
de Dorothée Grell, Sélenberg se tourna
avec saisissement vers le vieillard qu'il
reconnut ainsi que sa fille. Après la
cérémonie, Grell fit un signe à Dorothée, et elle amena la petite Sophie.
Grell conduisit cet enfant près de Sélenberg, et lui dit froidement : voici
mademoiselle de Sélenberg votre fille !

Sélenberg était debout, sans mouvement, et ne savait que dire. Le contrat de mariage fut écrit et scellé.
Alors Grell tira de sa poche un papier
qu'il donna à parcourir à Sélenberg.
C'était une supplique que le président
adressait au Prince, pour la légitima-
tion de sa fille. Lorsque Sélenberg l'eût
signée et cachetée, les autres sortirent.
Grell demeura seul avec lui, et dit:
la supplique arrivera encore cette nuit
chez le Prince ; tu attendras ici la réponse, alors tu partiras, et ne repa-

rais jamais devant moi, ni devant ma
fille. Tu me connais à présent, in-
fame ! quand tu seras libre, fais tout
ce que bon te semblera ; mais garde-
toi, scélérat, de faire un pas qui
puisse compromettre le repos de ma
fille ! peut-être t'imagines-tu pouvoir
me citer devant les tribunaux, et me
traîner dans les cachots ? mais regarde !
j'ai des amis puissans ! (il lui montra
la permission par écrit de contracter
ce mariage, et Sélenberg reconnut la
signature du Prince). Encore une fois,
méfie-toi de moi, et ne reparaîs plus
sous mes yeux ! ma vie ne m'est
rien, absolument rien; et un tel homme
doit te faire trembler, monstre. — Il
sortit, et ferma la porte.

Sélenberg fut à peine seul, qu'il se
jeta sur un lit dressé dans un coin. Il
était consterné et abreuvé de honte. Il
sentait se réveiller dans son cœur une
espèce de sentiment tenant du repentir, qui l'empêcha de fermer l'œil de
toute la nuit. Le matin, un jeune
homme lui apporta à déjeûner; à midi

et le soir, il eut un repas frugal. Le troisième jour, Dorothée vint dans la chambre, tenant sa fille par la main. — Tiens, regarde-le! dit-elle en pleurant à cet enfant : c'est ton père! Sélenberg baissa les yeux ; il n'osait regarder en face cette femme charmante. Il jeta sur l'enfant un coup-d'œil à la dérobée, et remarqua dans ses traits quelque ressemblance aux siens.

La petite Sophie, debout proche sa mère, s'était attachée à son tablier, et regardait le président d'un air timide. — Ma chère maman, demanda-t-elle enfin : est-ce que j'ose l'appeler mon papa? — Dorothée embrassa l'enfant et se mit à pleurer. Quelques minutes après, elle dit : vous êtes libre, M. de Sélenberg ; mais maintenant je vous en conjure, au nom de mon vieux et respectable père! laissez-nous en repos. Vous avez fait mourir ma mère, et vous m'avez rendue malheureuse. Bien facilement, ah! vous ne savez pas combien facilement vous pourriez être cause que mon père fût traîné à l'échafaud.

Encore une fois, laissez-nous le repos !
Laissez au moins une mère à votre fille !
Portez-vous bien ! Adieu !

Elle sortit, et la porte resta ouverte.
Sélenberg s'élança ; et poussé, soit du
plaisir de sa délivrance, soit d'un mouvement de repentir, ... il courut après
Dorothée, lui tendit la main, embrassa
sa fille, franchit les escaliers, sortit de
la maison, arriva à Sondenheim et en
partit pour un de ses biens, situé à un
grand éloignement de la résidence.

Il est difficile de se trouver plus embarrassé que ne l'était Sélenberg, dans
une si extraordinaire position. Il avait
une femme qu'il aimait, dont il desirait la possession, et pourtant il ne
savait dans quels rapports il était avec
elle ; car, selon les apparences, il ne
devait jamais la revoir. Il ne voulait
point la reconnaître pour son épouse,
et cependant il était tourmenté du desir de la posséder. Une plainte pouvait,
il est vrai, le détacher d'elle ; mais le
prince était de la partie. D'ailleurs, il
avait toujours devant les yeux le vieux

6

Grell armé de son pistolet, et il ne doutait nullement que cet homme ne tirât sur lui. Cependant il aspirait à la main d'Emilie, qu'il lui était impossible d'obtenir, tant que Dorothée aurait des droits sur la sienne. Devait-il recourir au divorce ! le terrible vieillard reparaissait devant ses yeux, et puis il serait obligé d'avouer que, le pistolet à la main, on l'a forcé de se marier, ce qui le ferait tourner en ridicule. On le prendrait à coup-sûr pour un fou, qui s'est laissé effrayer par de vaines menaces, et il n'était point prudent de mettre en évidence sa conduite antérieure avec Dorothée. Dans d'autres tems il aurait pu s'en faire gloire, et la cour l'aurait trouvé tout-à-fait admirable ; cependant il ne pouvait s'en servir pour se disculper, car il se mettait dans le cas d'être obligé de convenir qu'il s'était indignement comporté. En un mot, il se voyait pris de tous côtés, exposé aux sarcasmes et sans espoir de se voir les mains libres.

Il resta dans ses biens au milieu de

la retraite la plus profonde. Quelquefois il songeait à faire venir sa femme
et sa fille, ses desirs pour cette jolie
créature n'étant point encore éteints ;
mais il craignait une réponse négative,
et plus que tout cela, les pistolets du
vieillard. Il balançait ainsi, agité de
diverses passions, sans pouvoir se résoudre à rien. Cependant on savait déjà
à la résidence, que Sélenberg avait
épousé une fille de baillif, et fait légitimer une fille qu'il avait eu d'elle.
La nouvelle, accompagnée de toute
sorte de commentaires, s'étendit jusqu'à Moorberg. Charles ne voulut pas
y ajouter foi ; mais bientôt il en eut
la conviction. L'inquiétude était d'autant plus grande à Moorberg, que Sélenberg ne donnait point de ses nouvelles, et que personne ne savait où
il s'était retiré. Charles l'apprit pourtant et alla le trouver.

— Le bruit que l'on répand, est-il
vrai ? Sélenberg ; es-tu marié ?

— Oui.

— Et tu as fait légitimer ta fille ?

— Oui.

— Et....

— Oui, oui; au Diable! tout cela est vrai.

— Mais, Sélenberg, ma sœur?

— Tu l'entends, je suis marié et pourtant (tu auras peine à me comprendre) je suis sans femme. Je n'ai vu qu'une couple de fois en ma vie ma fille légitime, et je ne sais si je la reverrai jamais. — Il raconta alors ce qui lui était arrivé.

— Hem! dit Charles, c'est une farce. Porte tes plaintes et....

— Fais-toi brûler la cervelle, n'est-ce pas? Serviteur, mon cher Halden!

— Mais, ma sœur!.... Chacun sait que l'affaire était conclue; tu ne veux pas sans doute que nous devenions la fable du public. Ainsi, avec ta permission, je vais raconter à la résidence ton histoire, telle que je la tiens de toi. Je te plains, mais....

— Comme il te plaira! Pour moi, je vais écrire à la comtesse d'Espenbruch l'aventure de la Silbermann. Nous allons nous convertir tous les deux; nous se-

rons sincères et nous conterons tout.
Je te laisse le choix, Halden !

Charles, après avoir réfléchi un moment, fit un nouvel accord. Sélenberg
ne voulait point renoncer à Emilie, quoiqu'il ne pût prévoir comment il par-
viendrait à l'obtenir. — Je sens, disait-
il, que les choses ne doivent pas en
rester là ; mais je ne vois pas comment
m'y prendre. Nous avons affaire à de
singulières gens, et quelquefois je perds
tout courage. D'honneur ! le vieux m'a
fait trembler.

— Je le crois ; quand une balle vous
passe si près de la tête. . . . mais laissons
cela, Sélenberg ; encore quelques démarches, et la victoire est à nous. D'a-
bord mon benêt de frère n'est plus de
la partie, et qui sait si le sabre d'un
turc ne nous en débarrassera pas à jamais ? Louise, dit-on, se désole ; eh
bien ! soit ; elle l'oubliera. Nous avons
aussi envoyé Seibold au Diable, et au
moins je suis vengé de mon fou d'oncle.

— Quand je pense à tout cela, Halden. . . . quelle différence entre nous et

ces modèles de vertu ! que de combi-
naisons, que d'intrigues, que de rôles,
pour arriver à notre but ! Pour eux, ils
sont tranquilles et toujours en haleine,
de sorte que souvent nous n'avons pas
prise contr'eux. Nous jouissons de la
vie, j'en conviens, et ils n'en jouissent
pas ; mais nos soucis, cette continuelle
attention à tout ce qui se passe, cette
éternelle tension de notre esprit, et puis
(ce qu'on ne peut se dissimuler), une
espèce d'inquiétude et, je crois, certains remords de conscience, qui dé-
truisent à-la-fois nos plaisirs. . . .

— Préjugés de jeunesse !

— D'accord ! mais cette inquiétude
n'est pas moins là. Je ne pense qu'en
tremblant au vieux Grell, avec sa voix
de tonnerre et son air d'exécuteur. . . .
Ma fille demandait à sa mère : est-ce
que j'ose l'appeler mon papa ? je ne puis
te dire comme cette demande me perça
l'ame. On fait quelquefois des folies,
je le sais, et la prison m'avait paralysé.
Va, crois-moi, Halden ! à quoi bon
tout ceci ? nous n'avons jamais une

heure de repos. Si Seibold et ton frère revenaient et apprenaient à la fin comme tout s'est passé.... nous n'aurions pas beau jeu.

—De bonnes paroles, dit Charles, les radouciront tous : que cela ne te donne pas la moindre inquiétude.

La crainte avait mis Sélenberg dans d'excellentes dispositions. Il savait maintenant par expérience, quelles suites terribles le libertinage entraîne après soi. Sa vie n'avait tenu qu'à un fil, et il sentait que le père n'aurait pas eu si grand tort de le tuer. Il pouvait fort bien se trouver une douzaine de pères ou de frères, qui lui portassent, autant que Grell, une haine mortelle et invétérée. Le danger le faisait donc penser à ses honteux manèges. Si Seibold revient ! si Hennig apprend l'intrigue avec Julie !..... Sélenberg n'était pas plus corrigé, mais plus timide. Il ne songeait nullement qu'il avait mis au tombeau la femme de Grell, et fait le malheur de sa fille. Cela ne lui paraissait que la conséquence accidentelle

de ses intrigues. Mais il savait ce dont
est capable un père offensé. —Diantre!
se disait-il : ce n'est point un badinage,
et à l'avenir je jetterai un coup-d'œil
sur le père ou sur le frère, avant de
commencer la danse avec la fille.

Malgré ce que Charles put penser des
réflexions de Sélenberg, il crut prudent
de laisser encore dans ses terres Emilie,
pendant quelque tems. Si le Major venait à parler à Emilie, il saurait qui
l'a enlevée, et qui a jeté Seibold entre
les mains des recruteurs. Il ne man-
querait pas alors de fulminer; Charles
n'en doutait nullement.

Le Major ne quittait plus sa fenêtre
de fantaisie. Plus de six fois le jour il
sifflait la marche de Dessau, et se frot-
tait le front; mais cela n'aidait à rien.
Sa femme tâchait de ranimer ses espérances, et le vieux Hennig ne sortait
plus de sa chambre. Il souriait quelquefois et approuvait, par des signes de
tête, quand on lui faisait tel ou tel
récit; mais lorsqu'on lui demandait
quelque chose, il était facile d'apper-

cevoir qu'il n'avait rien entendu. Souvent un soupir profond interrompait
son sourire, et il recommençait à sif-
fler. Plus de vingt fois il s'approcha
de la grande carte d'Allemagne, tendue
à la cloison, et branla la tête en l'examinant. — Ma chère Annette, dit-il enfin,
d'un air affligé : vous voulez me consoler, et je remercie le ciel de vous
avoir tous deux ; car sans vous, que
ferait à mon age un pauvre homme
comme moi? Souvent je me dis à moi-
même, que je ne suis pas assez reconnaissant envers le bon Dieu. Mais
je ne puis m'accoutumer à vivre ainsi
isolé. Annette, viens un peu auprès de
la carte ! voilà où devrait se trouver
Sollingen, si l'échelle le permettait.
Dis-moi à présent : où dois-je chercher
des yeux notre brave garçon? tiens,
il est par ici en Pologne, et peut-être
même en Turquie ; et Seibold plus bas,
de l'autre côté de la carte. Et Emilie !
je ne sais pas même l'endroit où elle
pleure maintenant. Cela ne doit-il pas
me faire de la peine ! je les aime

tant!.... Tiens, tout près de Sollingen
on devrait voir Moorberg. Avec la
pointe d'une épingle tu toucherais ces
deux endroits. Si près l'un de l'autre!
et c'est pourtant de là que vient tout
mon malheur. Mon propre frère, la
femme et le fils de mon frère en sont
la cause. Annette, quand je pense que
partout où tu peux promener la tête
de l'épingle, il y a des hommes peut-
être encore plus malheureux que moi;
je suis tenté de joindre les mains et
de demander au bon Dieu pourquoi
il donne tant de champ libre aux mé-
chans? Plus je spécule, plus je m'at-
triste. Figure-toi un peu dans toute
cette étendue de pays, le tumulte de
tant de milliers d'hommes, qui courent
çà et là, se tourmentent et se disputent
un espace; figure-toi ces milliers de
gens qui pleurent et soupirent, et
tant d'autres milliers, au milieu de
tout cela, qui rient et triomphent,
et d'autres milliers encore, qui ne paraissent nés que pour les peines et les
douleurs. Ah! ce n'est que devant une

carte que l'on voit clairement comme
les hommes se tourmentent les uns
les autres. La terre paraît une four-
milière où chaque fonrmi lutte à droite
et à gauche, se presse et se bat éternellement, pour un grain de bled,
que personne ne garde à la fin...,
Pour moi, je souffre beaucoup en pensant à tout ce qui peut encore nous
arriver avant de mourir.

—Cela ne me fait aucune peine,
s'écria le vieux Hennig, qui s'était aussi
approché de la carte, parce que je sais
que je dois mourir. S'il me fallait vivre
éternellement au milieu de cette foule,
c'est alors que j'aurais peur. Maintenant, je pense au repos, comme pendant la guerre, je pensais à la paix.
Lorsque nous quittions les quartiers-
d'hiver, pour aller à travers les balles
et les boulets, le cœur me battait un
peu, j'en conviens; mais je me disais:
la paix viendra! et elle est aussi arrivée.
Il en est de même avec la vie, peut-
être sommes-nous encore mieux; car
la plupart du tems nous avons nos

quartiers d'hiver, et si par fois il faut
marcher en avant vers le malheur, la
paix vient enfin à son tour : la mort
est là : *amen !*

— Et puis, mon cher Frédéric, dit
la femme du Major : on a plus de joie
que de chagrins dans le monde. Qui
sait à quoi ne sont pas utiles tous les
maux que les méchantes gens suscitent?
pourrais-tu bien le dire ?

— Je le dirai, moi, reprit Hennig.
Les méchantes gens sont cause que les
bonnes gens tiennent l'un à l'autre et
s'aiment mutuellement. Je serais curieux
de voir où serait l'amitié sur la terre,
s'il n'y avait pas de haine. Nous avions
jadis un espèce de fou parmi nos fu-
silliers, bonne tête néanmoins, qui
quelquefois disait des choses profondes,
avec toute la gaieté imaginable. Il se
trouvait aussi, dans la compagnie, un
grand diable, qui se mesurait avec tous
les camarades, et se glorifiait de sa
taille, comme un paon de sa queue.
Le fusillier lui dit un jour : pauvre
fou ! ne tire point vanité de ta taille,

car tu n'es grand que parce qu'il y a
de petits hommes. — Je ne le compris
point sur le moment ; mais je rêvai au
sens de ses paroles, dont il ne donnait jamais l'explication, et je trouvai
qu'elles pouvaient s'appliquer à tout ce
qui se passe dans le monde. Après cela,
quand je pensais : Hennig, tu es plus
honnête homme que tant d'autres....
Ce gaillard de fusillier me revenait à
l'idée, et je disais : fou que tu es! ne
tire point vanité de ta probité, car
tu n'es honnête homme, que parce
qu'il y a tant de fripons sur la terre.
C'est la même chose pour ce qui nous
regarde. Nous n'aimerions, à coup-sur,
pas autant Hennig et les deux autres,
si les gens de Moorberg ne les haïssaient
point. Oui, je vous le dis, Dieu a fait
tout pour le mieux. Il faut qu'un champ
soit engraissé avec des immondices,
pour qu'il rapporte de bonnes mois-
sons ; et il faut qu'il y ait des coquins
sur la terre, pour donner du relief aux
honnêtes gens.

— En vérité, mon vieux, dit le

Major, tu as raison... Grand Dieu! s'é-
cria-t-il, en prenant à la main son
bonnet : voilà ce qu'une de tes créatures me dit; que dirais-tu toi-même,
si tu voulais répondre à mes mur-
mures?.... D'ailleurs ils ne sont pas
encore morts*, et il peut se faire qu'ils
reviennent.

Ainsi se consolaient mutuellement
ces bonnes gens de Sollingen. Le premier rayon d'espoir pour eux, fut la
nouvelle du mariage de Sélenberg. —
Voyez-vous? dit le Major : Emilie est
déjà libre. Il faut pourtant que j'aille
une fois à Moorberg, pour reconnaître
l'ennemi.

Arrivé là, il dit en regardant l'un
après l'autre Charles et sa mère d'un
œil étincelant : écoute, Charles! Seibold a disparu ainsi que Hennig et
Emilie. Si tu as trempé tes mains dans
le complot, comme je le crois, tu...
tu ris sous cape maintenant; mais un
des trois reparaîtra pourtant un jour.
Je n'ai encore été méchant envers personne; mais si tu es coupable, que
Dieu

Dieu te fasse miséricorde ! tu connais maintenant ma façon de penser , elle est claire. Sélenberg est marié ; où est Emilie ?

Charles se vit fort embarrassé ; il persista néanmoins à dire qu'il ne savait rien de tout cela. Je vous déclarerai , ajouta-t-il , tout ce qui est à ma connaissance. Hennig a eu certaines relations avec une fillette ; ils ont tous deux disparu , peut-être a-t-il couru après elle ? quant à Seibold et à Emilie , je ne sais absolument rien. J'ai toujours cru que vous étiez instruit du lieu de retraite d'Emilie. Si elle a été enlevée , Seibold doit , ce me semble , être plutôt soupçonné que moi.

Charles s'exprima ainsi du ton le plus sincère en apparence. Le Major baissait quelquefois les yeux , et pensait en lui-même : Emilie serait-elle partie avec Seibold ? Mais bientôt il s'écriait : friponnerie que tout cela ! et, pense ce que bon te semble , je t'en crois plutôt capable que Seibold. Mais nous le

4.

verrons plus tard ; et alors malheur
au coupable !

Charles sentit alors plus que jamais
qu'il était à propos de laisser Emilie où
elle était, et recommanda de nouveau
aux gens de Sélenberg, de rendre tout
envoi de lettres et toute évasion impossible. Il s'occupa sérieusement alors
de parvenir à son but auprès de la
comtesse Louise. Il se trompa cette fois
encore dans son calcul. Son espoir
était fondé sur l'absence de Hennig,
et c'est précisément cette absence qui
devait le détruire. Louise pensait avec
justesse : c'est le désespoir qui l'a entraîné contre les Turcs, ainsi il ne peut
avoir cessé de m'aimer. —Elle n'avait
pas encore, il est vrai, oublié le
malheureux billet de Hennig à Julie;
mais son désespoir et les dangers qu'il
courait, parlaient fortement à son
cœur. —Il faut que ce soit autrement,
se disait-elle : je me suis sûrement trompée. —Ainsi elle repoussa fièrement
tous les efforts du gentilhomme, toutes

les railleries de la cousine , toutes les objections de son père.

Hennig avait tant fait pour elle ! ne devait-elle rien faire pour lui ? elle déclara à son père , à la cousine et à Charles : je ne donnerai jamais ma main à un autre , qu'à celui qui à présent... (à ces mots , des larmes s'échappèrent de ses yeux) qui à présent peut-être gît sanglant sur le champ de bataille , et se plaint de ma rigueur et de ma cruauté. — Le gentilhomme sourit , branla la tête , haussa les épaules et se tut. Louise le pressa de raconter ce qu'il savait de Hennig. — Il est mon frère, dit Charles en se détournant, et je dois par conséquent me taire.—Enfin il céda aux instances pressantes de Louise. —Vous croyez , commença-t-il, que par désespoir , mon frère a marché contre les Turcs ? en vérité je ne puis concevoir que vous ne voyiez pas le masque dont il se couvre. — Louise le regarda avec dédain ; elle reconnaissait déjà le calomniateur.—Je ne sais , continuat-il , jusqu'à quel point vous êtes ins-

2

truite d'une de ses petites intrigues avec
une certaine Julie. Cette fille disparaît ;
quelques jours après, mon frère disparaît aussi, et....

— C'est un effet du hasard, M. de
Halden ; je le sais trop positivement.
C'est moi qui suis cause de son départ.

— Vous ? comtesse. — Le gentilhomme branla de nouveau la tête d'un
air expressif et souriant. Louise fut
alors saisie d'un nouvel effroi, et il
poursuivit : s'il est parvenu à vous persuader, qu'à cause de vous il marchait
contre les Turcs, c'est ce que j'ignore ;
mais qu'au moment même où vous
étiez à la résidence, il ait été en cor-
respondance avec la jeune fille ; qu'à
trois lieues de la ville, il ait rejoint sa
bien aimée en voiture, et ait continué
sa route avec elle ; c'est ce que je sais,
parce que je l'ai vu.

— Vu ? s'écria Louise : vous l'avez
vu ! — Le sang vint soudain rougir ses
joues. — Vous l'avez vu avec cette fille ?
— Son œil étincelait de colère, et elle
s'écria, avec indignation : ô scélérat ! —

elle regarda en même-tems Charles qui paraissait interdit, le mot *scélérat* pouvant s'adresser à lui. — Pensez-vous, demanda-t-il, que ce soit une calomnie ? — Cette demande lui fit suspendre encore la prononciation du dernier jugement de son amant. Elle jeta sur Charles un regard perçant, et lui dit, avec une apparence de calme : M. de Halden, vous garantissez ce que vous venez de dire de votre frère ? je ne vous reverrai plus, que vous ne m'ayez évidemment démontré que c'est la vérité. — Elle se détourna et Charles courant après elle : rien de plus facile à prouver, dit-il, pourvu que vous me laissiez le tems nécessaire. — Louise chancela, entendant ces dernières paroles, et se dit à elle-même, comme avec conviction : ô scélérat !

Pendant cette conversation, Charles avait inventé le moyen de prouver l'infidélité de son frère. Il écrivit à Julie de lui transcrire à l'adresse de Hennig un billet, dont il lui envoyait le brouillon,

3

et de le lui faire passer. C'était un chef-
d'œuvre de méchanceté. Dans ce billet,
Julie plaignait la comtesse Louise ;
mais elle s'estimait heureuse de l'avoir
emporté sur elle dans le cœur de Hennig,
et lui désignait un endroit où il devait
venir la trouver avec une chaise de
poste. Charles s'était en même tems
informé à Julie ; si la femme du menuisier n'avait pas encore quelqu'écrit
de sa main. — Cela me ferait beaucoup
de plaisir, ajoutait-il ; car si Louise
doutait tant soit peu, il lui serait facile de comparer les deux écritures.

Quelques jours après, Julie envoya
la copie du billet, et assura en même
tems, que dans la maison du menuisier
il devait se trouver encore beaucoup
de papiers écrits de sa propre main,
des ariettes, etc... Charles vint trouver
Louise, et lui dit: je voudrais qu'un
autre que moi vous eût apporté ce
billet, car c'est mon frère qu'il accuse.
Mais, chère Comtesse, je ne pourrais
vous le cacher, quand même vous me
seriez tout-à-fait étrangère Vous avez

été trompée d'une manière bien cruelle.
Lisez !

Louise prit le billet, se détourna,
et lut. — Comment ce billet vous a-t-il
tombé entre les mains, demanda-t-elle?
— Fort naturellement. Etant venu à
la résidence, j'allai sur-le-champ voir
mon frère. C'était environ dix ou douze
heures avant son départ précipité. Il
avait déjà fait ses malles, et sa porte
était ouverte. Je vis qu'il lisait un papier d'un œil étincelant. Lorsqu'il m'apperçut, il le jeta sur la commode dans
la chambre, sans doute pour le soustraire à mes yeux. Chassé par le vent,
le billet tomba derrière la commode.
Je restai près de mon frère jusqu'à ce
qu'il sortît, car ses effets empaquetés
m'avaient déjà inspiré je ne sais quel
soupçon, voyant sur-tout qu'il me cachait un billet. Le lendemain matin,
je retournai chez lui, mais il était déjà
parti. Je me ressouvins alors du billet,
qu'il avait long-tems cherché la veille
avec inquiétude, lui prêtant toutefois
un intérêt d'un tout autre genre. Je le

4

trouvai précisément encore derrière la
commode. Alors je me rendis à toute
bride à l'endroit fixé pour le rendez-
vous. Au moment où j'arrivais, il mon-
tait dans une chaise de poste, et prenait place auprès d'une très-jolie fille.
Je voulus lui parler, mais il partit, et
je le perdis bientôt de vue.

— Et Julie a écrit ce billet ? demanda
Louise d'une voix altérée.

— Il est signé d'elle. Vous sentez
bien que je ne puis vous donner la
preuve que ce soit véritablement de
Julie; je ne la connais que de réputation, mais il me semble que l'on pourrait fort bien vérifier si le billet est
de sa main, pour peu que l'on voulût
se donner de peine.

— A quoi bon ? pourquoi ne vous
croirais-je pas ? dit Louise avec un sourire rapide. Je vous remercie, M. de
Halden, je vous remercie. Laissez-moi
du tems, et alors vous aurez de mes
nouvelles. — Elle put à peine prononcer ces mots, tant son cœur était op-
pressé.

Elle avait toujours l'espoir que le billet était faux, et que Halden était un vil calomniateur. Elle voulut s'en assurer, et demanda à son père la permission d'aller passer quelques jours à la résidence avec sa cousine. A peine arrivée, elle se rendit toute seule chez la femme du menuisier où Julie avait logé, et demanda si elle n'avait point par hasard aucune écriture de la main de la demoiselle. — Pas une syllabe, répondit la femme interdite. — Si fait, maman! dit un garçon; elle ma copié plusieurs de ces chansons qu'elle chantait toujours; je vais les chercher. — Louise les prit avec vivacité, reconnut aussitôt la main de Julie, et devint pâle. Le crime était donc consommé. Elle donna quelque chose au garçon pour ces ariettes, qu'elle mit dans sa poche, retourna à l'auberge en chancelant, et déclara qu'elle voulait sur-le-champ retourner à Ransleben. La cousine s'emporta contre ce singulier caprice, mais cela ne servit à rien.

En route, Louise dit à peine un

5

mot. Les plus vives passions, son orgueil offensé, la honte, la colère, l'indignation, jointes aux plus amers chagrins, ne cessaient d'agiter son ame. Elle arriva en cet état à la maison. Lorsque son père lui témoigna son étonnement sur un si prompt retour, elle sourit péniblement, allégua qu'elle s'était trouvée mal, et alla bientôt s'enfermer dans sa chambre. L'amour se réveilla de nouveau dans son cœur. Suzette invoqua sa confiance, et déclara Hennig innocent. Louise tira le billet de Julie, le plaça près des chansons, et demanda si c'était la même main. Suzette ne put se défendre d'en convenir. — Eh bien! dit Louise avec douleur, en déchirant vivement les papiers, tout est rompu! Etre méprisable! je te défends de prononcer son nom devant moi.

— Ah! chère Comtesse! dit Suzette d'un ton suppliant, comment Halden, avec des yeux si doux, peut-il être un abominable homme? Vous êtes injuste à son égard, comtesse Louise; oui, vous êtes injuste, je le parie sur ma tête! Pensez donc à la pâleur de son visage, bonne Comtesse! Il ne vous a pas trompée; c'est à coup sûr un honnête homme. Peut-être a-t-il remarqué d'un peu trop près cette fille chez le menuisier; mais il ne vous a point trompée, j'en jurerais devant Dieu.

L'humeur de Louise s'était aigrie du moment où Suzette avait dit : peut-être a-t-il remarqué cette fille d'un peu trop près. Elle sortit de la chambre, parce que Suzette, nonobstant ses ordres, ne cessait de prendre le parti de l'infidèle et de faire son éloge.

Lorsque son père lui parla de nouveau de mariage, elle lui dit avec flegme : ne voudriez-vous point me permettre de rester fille? — Non, répondit-il : je ne te forcerai point d'épouser un homme que tu ne veux point avoir; mais il faut que tu te maries.

La cousine se mit alors à faire l'apologie de Charles. — Je vous en prie, dit Louise : ne me parlez pas de cela,

6

cousine !... Mon père, s'il faut que je
me marie, ordonnez à qui je dois donner ma main. Il m'est fort indifférent,
qui ce puisse être.

— Eh bien ! l'aîné des Halden....
qu'en dis-tu, Louise ? il est.... .

— Mon père, c'est à sa conscience à
le juger. Vous le voulez ? je suis prête...
annoncez-lui cette nouvelle, cousine;
vous aurez ainsi de votre côté part à
la chose.

La cousine rentra aussitôt dans son
appartement, et manda à madame de
Halden cette bonne nouvelle. Dès le jour
suivant, la famille de Moorberg arriva
à Ransleben. La mère réitéra la demande en forme, et le Comte n'allégua
aucune opposition. Charles se jeta aux
genoux de Louise.—Relevez-vous, monsieur, dit-elle, intérieurement aigrie et
d'un ton indifférent, ces traits de romans sont inutiles. Mon père le veut,
il faut bien que je le veuille. — Charles
se leva, s'empara de la main de Louise,
qu'il pressa sur ses lèvres, et s'écria : ô
chère Comtesse ! par ces paroles vous

me rendez le plus heureux de tous les hommes. Mon amour vous a donc enfin touché ? ainsi...

— Finissez , M. de Halden , je vous en prie. Mon père vous accorde ma main ; la voici ! n'allez pas chercher plus loin pourquoi je vous la donne.

Les parens se mirent bientôt de la partie. Louise resta apathique. Cependant , lorsqu'il lui fallut donner la main à Charles , l'amour vint encore une fois remuer tout son être souffrant. Elle pâlit et chancela. Une voix intérieure lui criait : il est innocent ! — Hennig s'offrait à son imagination , suppliant, décoloré , tel enfin qu'elle l'avait vu , le soir où il vint prendre congé d'elle. Elle recula d'un pas ; mais alors elle le vit dans la chaise de poste auprès de Julie , dans les bras de Julie. Elle s'avança d'un pas déterminé et tendit la main , en détournant son visage. Charles lui mit une bague au doigt. Louise se rappela alors l'heureux tems de ses amours naissants , et des larmes s'échappèrent de ses yeux. — Ah ! dit-elle dans son affliction, j'ai pressé une bague sur son cœur perfide ! — La cousine tira de son doigt une bague qu'elle présenta à Louise. — Tenez, M. de Halden, dit Louise, sans toucher à la bague. — Ne la recevrai-je point de votre main? demanda Charles. — Louise la lui présenta du petit bout des doigts, devint toujours plus pâle et s'évanouit dans les bras de son père, en sorte qu'il fallut l'emmener dans sa chambre.

Charles insista, pour que l'alliance solemnelle eût bientôt lieu, car il avait à cœur de s'assurer de ses droits le plutôt possible. Louise chercha alors des consolations auprès de Suzette ; mais elle ne lut que des reproches sur le visage de cette fille, et ne put en tirer une parole. Dès le moment de la promesse, Louise avait déjà senti qu'elle s'était trop précipitée, et qu'elle se rendait malheureuse. Sa colère s'appaisa; car comment pouvait-elle en garder plus long-tems contre celui dont elle était séparée à jamais, et sur qui elle ne devait plus avoir aucune prétention?

L'amour se ralluma dans son cœur avec une nouvelle ardeur ; elle sentait qu'elle eût été heureuse avec le bien - aimé jeune homme , s'il était revenu dans ses bras , et elle regrettait le bonheur qu'elle avait elle-même anéanti.

Le prochain mariage de Louise ne fut pas long-tems un secret. — Diable emporte ! dit le cuisinier , en prenant par la main le forestier de Sollingen : votre jeune prince fait la cour à notre comtesse , et c'est l'aîné , ce visage à la crème , qui va l'avoir ? Ils en ont conté à cette pauvre demoiselle , car je veux devenir chair à pâté , si elle n'a pas de l'aversion pour l'aîné. Le chasseur parle bien de certaine infidélité , de petits billets ; mais je ne crois pas à la moitié de tout cela. Le jeune monsieur a le cœur bien placé. Pendant qu'il va se battre contre les ennemis des chrétiens , on persuade à notre petite comtesse qu'il l'abandonne. Je lui ai dit franchement que l'aîné n'était qu'une omelette , mais que le jeune était un rôti de cerf , et les larmes coulèrent de ses yeux. Elle me fit signe de me taire, et ne pouvait elle-même parler, tant son cœur était brisé. Mais diantre! c'est trop tard. Où se tient donc votre jeune maître? Dites au Major qu'il lui écrive de venir! Une fois ici, la victoire est à nous. Tous les gens de la maison plaignent la comtesse et vomissent feu et flamme. Mais à quoi cela sert-il? La cousine, ce vieux dragon en est la cause. Je l'ai juré; le jour des nôces je laisse brûler tous les plats, ils n'auront pas un seul bon morceau. La pauvre et chère demoiselle!

Ainsi la nouvelle parvint aux oreilles du Major. — Ecoutez un peu, mes enfans, dit-il d'une voix étouffée; et il écrivit avec son doigt le nom de Hennig sur la table. Je vous en prie, plus de consolations! Laisse-moi, Annette; laisse-moi, mon vieux! Ils nous ont coulé bas, comme je l'avais prédit.... Je vais vous dire ce qui en résultera, reprit-il après une courte pause. Louise épouse ce drôle qui n'aspire qu'après son argent. Quand le pauvre Hennig reviendra, il sera là à se lamenter devant moi, devant vous tous. Grand Dieu! quant à Seibold, il est perdu pour nous, vous le verrez. Emilie reviendra aussi, ouvrira de grands yeux et ne verra personne. Ah! mes enfans, je voudrais être mort; alors le bon Dieu exaucerait peut-être mes prières et menerait tout à bien.

Telles étaient les plaintes du Major, et sa femme ne pouvait le consoler. Le vieux Hennig lui-même était interdit et s'essuyait les yeux. —. Si nous avions seulement de ses nouvelles! dit-il, j'irais jusqu'en Turquie, et je lui dirais: Hennig, ton oncle se chagrine, ta chère comtesse Louise se marie. — Il faudrait bien qu'il vînt!... ou si seulement je savais écrire! je vous bâtirais à la comtesse une lettre, qu'elle ne jeterait point par les croisées.

Cette idée frappa le Major. Il alla sans escorte à Ransleben et se fit annoncer chez Louise, qui se trouvait précisément seule à la maison. Elle refusa sa visite, sous prétexte qu'elle n'était pas

bien portante. Le Major, que le chagrin rendait timide, avait déjà le pied
levé pour partir, lorsque Suzette lui
dit : cette maladie n'a rien de sérieux,
M. le Major, et si c'était moi, je... —
Elle lui indiqua la porte. Le Major lui
fit un signe de tête gracieux, frappa
doucement et entra dans la chambre.

Au premier abord, l'usage de la parole fut interdit à tous les deux. Louise
jeta quelques regards sur le Major, et
de douces larmes brillèrent dans ses
yeux. — Où sont les larmes, dit le
Major, là est aussi la pitié. — Il s'assit
donc auprès d'elle, la prit par la main
et la regarda d'un air contristé. Elle
tenait les yeux baissés vers la terre
comme une criminelle. — Ma chère
fille, dit-il avec onction, je ne veux
point vous faire de la peine. Ah ! si
je pouvais en deux mots m'exprimer
comme je le voudrais ! je vous prierais
en faveur de ce pauvre jeune homme,
qui court maintenant le monde, en
faveur de mon pauvre Hennig. J'apprends que vous êtes promise, ma

chère fille. Vous n'êtes pas infidelle,
je le sais et je le vois ; mais, cher enfant, il peut survenir un grand malheur, si Hennig revient jamais et vous
trouve la femme de son frère ; car il
vous aime si passionnément !

Louise sentit dans les paroles du
vieillard quelque chose de si persua-
sif, qu'un tremblement la saisit. Elle
reculait sa chaise tantôt à droite, tantôt à gauche ; bientôt elle levait sur le
Major des yeux larmoyans, et puis les
baissait vers la terre. — Ah ! il ne m'aime
pas, dit-elle enfin avec un soupir. —
Si c'était ainsi, ma chère fille, vous
auriez raison et je ne dirais plus un
mot en sa faveur. Tenez, alors je fe-
rais dresser mon cercueil, et d'honneur ! mes dernières paroles seraient :
Dieu bénisse la bonne Louise ! car elle
est innocente.... Mais d'où savez-vous,
chère enfant, qu'il ne vous aime plus ?
comment l'avez-vous appris ?

Louise raconta alors et joignit, à son
récit, certaines petites circonstances
écloses de son imagination, et qui ne

servaient qu'à rendre plus évidente
l'infidélité de Hennig. — Il a même encore, dit-elle, conservé près de lui,
jusqu'à présent, sa Julie ; cela est certain. — Ce récit avait de nouveau ral-
lumé sa haine, de sorte qu'à la fin elle
nomma le pauvre Hennig un perfide,
un traître, un trompeur.

— Vous le haïssez donc ? demanda
le Major désolé, en se levant de son
siège. — Oui, répondit Louise : je n'ai
jamais haï personne ; mais pour lui,
je l'abhorre, parce que c'est un perfide,
un cœur faux.

Le Major n'eut plus alors la force
de prendre la défense de son bien-aimé
Hennig ; car le récit de la comtesse s'ac-
cordait trop exactement avec celui du
domestique de Hennig. Il porta la main
à son front, branla la tête et dit avec
douceur : je vous en prie, chère Comtesse, ne le grondez plus davantage!
sans doute vous avez raison ; mais vos
reproches me percent le cœur, à moi,
pauvre vieillard. Si seulement je pouvais concevoir !.... Ne trouvez pas mau-

vais que j'aie pris la liberté de vous
parler; je ne savais pas la moitié de
ce que je viens d'entendre. Grand
Dieu! maintenant je m'en retourne le
cœur bien plus chargé que je ne suis
venu. Je m'étais dit : près de la bonne
Louise, ton cœur sera soulagé. Allons,
adieu, cher et généreux enfant, adieu
de tout mon cœur! Dieu veuille vous
accorder plus de bonheur qu'à moi!...
—Il fit un pas; tout-à-coup il se retourne,
saisit la main de Louise et dit d'une voix
entrecoupée : Louise, si pourtant il
étoit innocent! si on l'avait calomnié!
ah! je le jurerois. Ce garçon était loyal
et bon. S'il était pourtant innocent,
ma chère fille! — Cette demande émut
Louise ; toutes ses idées, tous ses sens
lui répétaient : si pourtant il était innocent! — Son cœur brûlait de la
flamme la plus vive, mais ses lèvres
disaient : hélas! il ne l'est pas!

Le Major consterné s'avança vers la
porte. Louise le suivit avec inquiétude
et fit mine de vouloir l'arrêter. Elle
parut vouloir dire : ô restez! démon-

trez moi qu'il n'est pas coupable ! —
Mais elle ne put qu'exhaler de ses lèvres,
quelques soupirs.

Lorsque le Major eût refermé la porte
derrière lui, Louise se précipita à genoux, cacha son visage dans le sopha,
saisit un coussin entre ses bras, et s'é-
cria en sanglottant : je suis perdue!
ils m'abandonnent tous, tous!

La pauvre fille n'entrevoyait plus
d'espoir d'aucun côté. Elle s'imaginait
être au milieu d'un abyme effrayant,
debout sur un petit tertre qui s'ébran-
lait sous elle, et dont une portion
s'écroulait à chaque moment. Elle était
auparavant plongée dans une sombre
et froide apathie; maintenant, depuis
la visite du Major, elle ressentait de
nouveau l'horreur de sa situation, et
enfin, lasse de répandre des larmes,
épuisée par les rêveries et les réflexions,
elle s'abandonna indifféremment à son
destin.

Le Major inconsolable revint chez
lui. Lorsqu'il eut repris ses sens, il
interrogea de nouveau le domestique
de Hennig. Il trouva une nouvelle

vraisemblance dans le rapport de Louise, et cela lui rendit de l'énergie. — Non, Hennig, dit-il au vieux hussard, en se frappant rudement la poitrine : quoique tu puisses dire, cela n'est pas bien. Cette fille a passé des nuits entières près de lui, dans sa chambre ; peux-tu, après cela, trouver mauvais que la Comtesse n'en veuille plus ? et puis,.... que le!.... Il traîne avec lui partout cette même fille. S'il avait eu raison, il pouvait parler ; mais non, il part secrètement. Ne me dis plus rien ; je ne veux plus rien entendre. Je voudrais que la pauvre Comtesse l'eût nettement oublié ; oui, je le voudrais. C'est un.... Ah ! ciel ! je l'aime pourtant beaucoup, et je pleurerais de joie s'il revenait ; mais vois-tu, il ne mérite pas le petit doigt de la Comtesse, et rien ne me fait tant de peine que de la voir promise à Charles ; à ce drôle.... Si c'était un brave homme, je lui dirais : vous avez fort bien fait, comtesse Louise ! car, nous ne pouvons pas exiger, mon vieux, que la comtesse Louise lave ses belles mains blanches dans une eau que cette Julie Silbermann a déjà salie. Je n'ai pas bonne idée de cette fille-là. Si pourtant il revenait bientôt, je dirais : allons ! c'est une fougade de jeunesse. Mais il n'est pas digne de la bonne petite Comtesse, mon vieux; c'est là mon grand point.

Le vieux hussard murmura bien quelques paroles; mais il ne put mettre en avant que son amour pour le malheureux jeune homme. On évita alors, pendant quelques tems, de s'entretenir de Hennig. Mais enfin le Major reçut de lui une lettre, qu'il s'empressa de lire à sa femme et à son vieux hussard. Elle ne faisait, à la vérité, aucune mention de Julie, mais on y lisait distinctement : j'ai mérité mon sort. — Vois-tu, mon vieux, dit le Major : il fait pénitence; il avoue clairement qu'il est coupable.

— Eh bien! dit Hennig avec *force*, le bon Dieu lui-même ne demande que du repentir; la Comtesse peut donc aussi

aussi s'en contenter. Où trouve-t-on dans cette lettre un mot de cette fille qu'on prétend qu'il traîne à sa suite? Heureusement que la petite comtesse n'est pas encore mariée, car maintenant..... — Il regarda le Major d'un air suppliant. — Que veux-tu dire? tout cela n'est rien. La comtesse répondra : je ne veux point un homme qui est obligé de faire pénitence... et elle aura raison.

— M. le Major, elle n'aurait pas raison. Elle va prendre un homme qui ne sera jamais capable d'écrire ce que Hennig écrit-là. Je vous le dis, M. le Major, il faut donner la lettre à la comtesse. Quand Hennig un jour reviendra, il faudra qu'elle le reçoive ici à Sollingen. Quel mal a-t-il fait? une fois n'est rien.

— Mon vieux, il a trahi sa parole, n'est-ce pas mal agir? Il a été infidèle à Louise, n'est-ce pas une vilaine action? Tiens, prends la lettre! je ne veux point m'en mêler ; fais ce que bon te semble !

4. F

Hennig partit sur-le-champ pour Ransleben, confia la lettre à la femme-de-chambre, et la pria très-instamment de la remettre à la comtesse.

Louise avait la tête appuyée sur ses mains et les yeux fermés, lorsque Suzette entra et lui présenta cette lettre décachetée. A peine fut-elle revenue de sa rêverie, et eut-elle jeté un regard sur le papier, qu'elle reconnut la main de Hennig. Elle ne put retenir ses larmes en lisant plusieurs passages de la lettre, qui étaient écrits pour elle.

« C'est en tremblant, mon cher père, que je prends pour la première fois la plume, afin de vous faire connaître que je suis encore existant. Je devrais ne vous entretenir jamais de votre malheureux neveu, mais je ne puis garder plus long-tems le silence. Il faut que mon imagination s'égare encore une fois dans ces lieux chéris où gissent Sollingen et Ransleben. Je suis ici dans une vaste plaine, où la nuit a répandu le calme. Mon cœur est le seul point agité, où la voix de la douleur et du désespoir se fasse entendre. La nature me représente le tableau de ces momens, délicieux, où au milieu des branches des peupliers, sur un léger canot, ravi du gazouillement des rossignols et du murmure des flots luttant contre les roseaux, j'étais le plus heureux des hommes ; momens sacrés, où le Ciel m'enivrait de ses délices !

» Ah ! je ne dois plus y penser, si je veux continuer. Un poids accablant m'étouffe, et je puis à peine respirer.... Souvent je vois de loin les lieux où j'étais si fortuné, et je confie mes soupirs aux nuages qui se dirigent vers ces contrées. Je n'accueille qu'avec tristesse ceux qui en viennent, ils ne m'apportent que des reproches ; et pourtant je voudrais rafraîchir ma douleur dans ces nuages, car ils ont plané au-dessus de ces contrées chéries, qui me sont à jamais fermées. Ah ! pourquoi ne puis-je pas dire, comme le disait jadis un cœur innocent : je voudrais pouvoir me suspendre au bord d'un nuage, et franchir avec eux.... Non, non, ils pourraient me précipiter avec eux dans l'abîme, où, peut-être, pour la première fois il me serait permis de dire : aie pitié de mon cœur ; j'ai été faible, mais non méchant.

» C'est-là que se déploie cette plaine riante, s'offrant de tous côtés aux regards vivifians du Ciel, qui y verse les rayons brillans de l'espérance. Au-dessus de moi se traînent d'autres sombres nuages, répandant la tristesse sur les cœurs ulcérés. Pas un seul astre ne brille dans cette voûte obscure ; l'éclair seul, l'éclair destructeur s'en échappe, et vient frapper mon cœur.

» O ! quand je ne serai plus que poussière, dites à cette généreuse fille que ma bouche n'ose plus nommer, parce que je l'ai perdue ; dites-lui.... Non, elle ne doit pas même se douter, qu'en des lieux éloignés, un œil mourant ne cesse encore de fixer son image.

» Je suis malheureux, mais j'ai mérité mon sort. Ah ! était-ce-là les espérances que je nourrissais, que vous nourrissiez, vous, mon père ! De tout cela, il ne m'est plus resté qu'une bague et une lettre. Je lis mille fois la lettre, elle me dit ce que j'ai perdu ; et la bague? oh! elle m'avait uni au bonheur, et maintenant elle me lie à l'infortune.

» Mon père, quand un jour je reviendrai, si votre bouche plaintive doit m'annoncer que je suis perdu . . . ô ne me nommez pas le fortuné ! . . . et ménagez-moi, pour que je puisse verser des larmes dans votre sein. Laissez-moi craindre et espérer, jusqu'à ce que la décision définitive ait brisé la prison de mon cœur. Je vous embrasse, ainsi que ma bonne tante et mon bon vieux Hennig ; je vous bénis tous. Que Louise ! . . . . ah! voilà pourtant son nom ! . . . que Louise soit heureuse !

HENNIG DE HALDEN ».

Louise fondit en larmes à la lecture de cette lettre. Elle se leva, courut à sa fenêtre, l'ouvrit, et murmura aux nuages : Je l'aime, oui, je l'aime, je suis si malheureuse et pourtant si contente ! — Dans l'excès de sa joie, elle oubliait les torts de son amant, n'accusait qu'elle, maudissait Charles, et l'accablait des plus amers reproches. Elle pressa la lettre de Hennig sur son sein, sur ses lèvres. Tout était oublié, pas la moindre étincelle de jalousie n'existait alors dans son cœur. Hennig était redevenu son unique amant ; c'est elle qui lui avait causé de la peine et des tourmens ; c'est elle qui était l'infidelle.

Mille résolutions se succédèrent. Il fallait signifier à Charles un refus en forme, malgré la promesse donnée solemnellement. Si ce soir même elle avait pu parler à son père, tout eût été terminé ; mais la nuit vint, l'enthousiasme se dissipa, et fut remplacé par la froide méditation. Louise trouvait alors mille pénibles difficultés. Quels motifs apporter à ce changement ? la lettre ? Ah ! elle la relisait avec un plaisir nouveau. Cependant son père n'y avait trouvé que l'aveu que Hennig faisait de sa faute.

Elle ne voulait pas rompre, mais

forcer Charles à retirer sa parole. Lorsqu'il revint après, au lieu d'être froide
comme jusqu'alors, elle se montra
fière, susceptible. Mais il supporta
son humeur, parut humble, obéissant,
respectueux, patient, et trouva même
Louise toujours charmante. Elle en
pleura de dépit, car elle vit bien que
de cette façon elle ne pourrait s'en dé-
faire. Alors son père, d'après les instantes prières de Charles et de sa mère,
fixa le jour des nôces. La timide Louise
se tut encore, et une pâleur subite indiqua seule ce qui se passait dans son
ame: Elle sentait qu'elle approchait de
plus en plus de l'abîme, et prenait
tous les soirs la résolution, après avoir
relu la lettre de Hennig, de terminer
d'un coup d'autorité l'affaire le lendemain matin, quoiqu'il pût en ré-
sulter. Ainsi, elle reposait tranquillement, se croyant déjà sauvée ; mais le
lendemain, la honte venait lui barrer
le chemin. — Que va-t-on dire ? on me
prendra pour une folle. N'ai-je pas donné
ma parole librement ? ah ! je suis mal-

4

heureuse, et rien ne peut me sauver.
— Ainsi s'écoulaient les semaines successivement ; et le jour fatal du mariage approchait de plus en plus. Vraisemblablement, malgré sa haine pour
Charles, elle serait devenue sa femme,
si heureusement Emilie ne l'avait em-
pêché.

Emilie vivait paisiblement dans une
des terres de Sélenberg. Il ne lui était
pas possible de songer à s'esquiver,
étant surveillée trop exactement. Elle-
même ne voulait pas s'enfuir, afin de
prouver à sa mère, qu'elle ne parvien-
drait pas à la contraindre, et voulant
montrer à Seibold ce qu'elle était capable de faire pour lui. Seulement elle
ne pouvait comprendre pourquoi Sélenberg ne paraissait plus. Elle fut
bientôt au fait de ses relations avec
Julie. Elle ressentit de la commisération pour cette jolie fille, et agréa avec
bonté l'offre de son amitié. Jadis elle
ne l'eût pas fait ; mais depuis qu'elle
avait vécu dans la capitale et à la cour,
où elle avait appris à connaître de sem-

blables victimes du libertinage, elle était devenue plus compatissanté pour les femmes séduites, sans en moins abhorrer le vice.

Pour obtenir les bonnes graces d'Emilie, Julie contrefit l'innocente : et lorsqu'elle remarqua que sa faiblesse était connue, elle joua le repentir. Emilie la fréquentait plus volontiers que tout autre de la maison. Elle trouvait du plaisir à s'entretenir avec elle, et elle lui raconta même toutes ses aventures. Elle ne lui céla point la haine qu'elle portait à Sélenberg, et ajouta en souriant : je sais, Julie, que je ne devrais pas vous le dire. — En un mot, il s'établit entre les deux Demoiselles une certaine confiance, à laquelle Julie attachait le plus grand prix.

Julie n'était pas ennemie de la vertu, mais des filles vertueuses, non à cause de leur innocence, mais parce que fières de leur vertu, elles méprisaient toute femme déchue. Elle croyait que, de toutes ces femmes vertueuses, pas une seule peut-être ne conserverait sa

5

pureté, si elle se trouvait dans les
mêmes relations qui lui avaient coûté
la sienne. Par là, elle attribuait la chas-
teté d'une femme au hazard, non au
mérite, et compensait par la haine,
le mépris qu'on lui témoignait. Pour
la première fois elle rencontrait une
femme vertueuse, qui ne la méprisait
point, qui rendait justice à ses moyens
et même aimait sa société. Cela rehaussa
l'ame de Julie. Sans y songer elle-même,
elle tâcha de mériter l'estime d'Emilie.
Celle-ci remarqua ses efforts; ainsi il
se forma entre les deux jeunes filles un
lien de gratitude et de confiance, qui se
resserra insensiblement de jour en jour.

Emilie ressentit bientôt une espèce
d'estime pour l'infortunée; et comment
peut-on voir chargée du deshonneur
une personne que l'on estime, sans
vouloir l'en affranchir? Aussitôt qu'elle
eut embrassé la résolution de sauver
Julie, elle éprouva de l'amitié pour
cette fille, qui lui inspira une pitié
plus tendre.

Un jour qu'elles étaient assises toutes

deux familièrement l'une près de l'autre, Julie raconta une partie de son histoire et invectiva les hommes. Emilie lui prit tendrement la main, et lui dit avec douceur : si jolie, si sage, si bonne et pourtant si malheureuse ! — Julie ne savait elle-même ce qu'il y avait de si touchant dans ces paroles ; mais elle ne put se défendre de verser des larmes, et demanda enfin : moi, malheureuse ? — Oui, malheureuse, répéta Emilie ; car, ajouta-t-elle d'un ton caressant : combien avec un si bon cœur ne pourriéz-vous pas rendre un homme heureux ! quelle épouse, quelle mère ne pourriez-vous pas être !

Julie piquée se leva ; elle crut sentir dans ces paroles l'atteinte du mépris, et rougit. Emilie la prit tout-à-coup entre ses bras, et lui dit tendrement : pardonnez-moi ; je ne vous aurais pas dit cela, si je ne vous aimais et si je ne savais que votre cœur est meilleur que votre destin. Vous êtes tombée sous la main d'un vil séducteur ; mais vous ressemblez à Dorothée, dont je vous ai

-6

raconté le malheur. — Cela n'était
point, mais Julie le croyait, et souvent
en supposant de la vertu à des êtres
qui ont succombé, on leur donne envie
de mériter cette bonne opinion. Julie
pressa Emilie dans ses bras. Elle sentit
et avoua pour la première fois, qu'elle
était malheureuse. Elle raconta alors à
Emilie son histoire un peu embellie à
la vérité, mais néanmoins assez fidelle.
Emilie vit bien qu'elle n'aurait pas dû
comparer Julie à Dorothée; cependant
elle ne se rétracta point. Son amour
pour cette fille s'accrut par la confiance, et son louable dessein de la
dégager des pièges du vice, s'affermit
dans son ame. Elle embrassa Julie, la
nomma sa malheureuse amie, lui sup-
posa l'intention de se tirer d'embarras,
et lui promit de la prendre près d'elle,
aussitôt qu'elle-même serait heureuse.

Cette offre éveilla dans l'ame de Julie
le ressentiment, non-seulement de ses
égaremens, mais encore du crime dont
elle s'était rendue coupable envers le
frère d'Emilie. Quelque brillante que

fût cette offre, elle la rejeta, et répondit : je ne le puis ; c'est impossible !
vous ne savez pas ce qui y met obsta-
cle... — Ses traits s'obscurcirent, et
elle répéta : c'est impossible ! — Emilie
insista. Julie alors profondément ébranlée, joignit les mains, et s'écria presque
hors d'elle-même : Ah ! je suis bien malheureuse ! Votre frère ... la comtesse
Louise !...

Emilie fut saisie et la pressa de tout
avouer. Cette fille alors raconta, non
sans verser beaucoup de larmes, toute
l'intrigue concernant Hennig et Louise.
Ses larmes étaient sincères, car quoique vaine, intrigante et volage, elle
n'était point méchante. Déjà lorsque
Louise avait ému son cœur, elle s'était
repentie d'avoir participé à cette menée ;
mais elle vivait d'une pension que Sélenberg lui donnait, ce qui l'attachait
ainsi à sa personne et au crime.

Au moyen de mille questions, Emilie
se mit au fait des moindres circonstances et même de ce dernier tour de la
lettre, qu'à l'instigation de Charles,

Julie avait tout récemment écrite. D'a-
près ces aveux, il ne fut pas difficile
de persuader à cette fille de raccommoder les choses. Emilie pria donc son
oncle par une lettre, d'envoyer sous
le plus grand secret une voiture dans
le voisinage du château de Sélenberg,
et elle eut soin de désigner l'heure où
elle en aurait besoin. Lorsque la voiture fut arrivée, Julie et elle, munies
de leurs effets, se dérobèrent par le
jardin, montèrent en voiture et arrivèrent en peu de jours sans encombre
à Sollingen.

Le Major fut enchanté de revoir Emilie ; mais bientôt à son enthousiasme
succéda cette triste exclamation : le
pauvre Hennig! dans trois jours Louise
épouse Charles. — Dieu soit loué ! s'é-
cria joyeusement Emilie, que je sois
venue encore à tems ! La nôce ne se fera
point, mon cher oncle. — Elle écrivit
sur-le-champ à Louise, lui raconta le
tour qu'on lui avait joué, et pour l'en
convaincre, lui envoya la lettre que
Charles avait écrite à Julie. Le vieux

Hennig se chargea de porter la lettre, qui, par le soin de Suzette, parvint à son adresse.

Louise ouvrit la lettre d'Emilie avec apathie, suite de sa désolation ; mais son cœur commença à battre vivement, lorsqu'elle lut ces mots : mon frère Hennig est innocent. Il n'a jamais été coupable de la moindre infidélité envers vous ; Charles et Sélenberg sont deux scélérats, etc.... Si vous en doutez, je confronterai devant vous Charles avec Julie qui est ici ; mais je vous prie de taire, autant que possible, sa demeure.

Louise bondit de joie et n'eut besoin d'aucune autre preuve, la lettre de Charles levant tous ses doutes. Son amour pour Hennig se réveilla avec une nouvelle énergie et lui rendit le courage qu'elle avait perdu. Tout lui était facile maintenant, car elle pouvait démasquer le traître.

Le lendemain, Charles et sa mère vinrent à Ransleben. Lorsqu'ils descendirent de voiture, ils entendirent

clairement Louise s'écrier avec jubila-
tion : les voici qui viennent ! — Louise
pour la première fois alla les recevoir ,
et dans ses traits était peinte la plus
vive satisfaction. — Enfin les voici !
s'écria-t-elle avec une joie empressée.
Charles, pénétré d'un ravissement arti-
ficiel , la prit par la main et la conduisit dans la chambre du comte, plein
de l'espoir le plus assuré.

— Ma fille ! dit le père , je ne sais
comme tu es aujourd'hui ; si contente,
si changée ! Je crois qu'elle a rêvé de
vous, M. mon gendre ! — Mon amour,
reprit Charles, aura enfin touché votre
cœur. O ma chère Louise ! — Il voulut
lui baiser la main , et elle recula en frissonnant , ce quiproquo la jetant dans
l'embarras. Enfin elle dit d'une voix assurée : M. de Halden , je vous le déclare
ici , quelqu'étrange que cela puisse vous
paraître , je ne puis. être votre femme.

Charles pâlit ; la mère fut pétrifiée.
Le comte lui-même était interdit. La
vieille cousine dit d'un ton malicieux
et en regardant fixement Louise : par

là, vous vous couvrez d'un éternel ridicule, vous et votre respectable père. — Cette réflexion fit effet. Le comte se tournant vers sa fille, lui dit avec fermeté : mon enfant, tu épouseras M. de Halden.

— M. le gentilhomme, dit alors Louise, j'espère que, de votre plein gré, vous me dégagerez de ma parole. — Charles s'apperçut bien que Louise était instruite de quelque chose ; mais il ne pouvait deviner jusqu'à quel point. Au reste, tout lui était fort indifférent, pourvu qu'il l'épousât. — Vous paraissez, dit-il, avoir sur le cœur quelque chose contre moi, ma chère. Ce ne peut être cependant que l'effet d'une erreur de ma part, et une erreur ne doit pas faire rompre une alliance déclarée solemnellement. Je vous conjure donc, ma chère comtesse, de ne pas retarder plus long-tems mon bonheur.

— Monsieur, dit Louise froidement et avec dignité : votre frère n'est point parti avec cette Julie.

— Non ? cela peut-être. Je vous ai montré le billet qui causa mon erreur.

— Votre erreur, M. le gentilhomme!... Je vous le demande encore
une fois : voulez-vous me dégager de
ma parole?

— Non, ma très-chère. Permettez
que je vous réponde positivement. Je
ne pourrais renoncer au bonheur dont
je suis si fier, de vous nommer ma
femme, quand même la convenance
seule aurait déterminé notre union.
Notre mariage est annoncé; chacun
sait qu'après demain je dois être heureux; pensez-y donc vous-même!

— Après demain tu seras madame
de Halden, dit le Comte, d'un ton
tranchant : je t'en donne ma parole.

— Assurément non, mon père! aussi
vrai que je suis votre fille! ce M. de
Halden, dont je dois être la femme, a
envoyé à son frère une séductrice
adroite; mais qui n'est point parvenue
à ses fins; et il m'a trompée moi-même.

— La preuve de tout cela, ma belle
comtesse? dit Charles, qui se remit un
peu.

— La voici! reprit Louise, en ti-

rant sa lettre à Julie: lisez, mon père !
— Le comte lut la lettre à haute voix,
et Charles pâlit dès les premiers mots.

« Bientôt, nous serons dans le port,
belle et rusée Julie. Mon sot de frère,
au désespoir d'un crime qu'il n'a point
commis, est allé combattre les Turcs.
Voilà déjà un oiseau pris. Je vous prie
encore, ma chère Julie, de me procurer l'autre, la comtesse Louise. Déjà
elle croit que son Céladon lui a été
infidèle ; mais ce n'est pas assez. Il faut
qu'elle le haïsse, pour qu'elle puisse
devenir ma femme. Elle l'abhorrera,
sans doute, du moment où elle sera
convaincue que vous êtes partie, ma
belle amie, avec mon frère, contre les
Turcs. C'est pourquoi, copiez donc ce
billet ci-joint et mandez-moi sur-le-
champ, si dans la maison du menuisier, où vous avez logé, il ne se trou-
verait pas encore quelques papiers
écrits de votre main ; car la comtesse
pourrait être un peu incrédule sur cet
article, et douter que ce soit votre main.

Vous savez combien d'obligations je vous ai déjà ».

— Mais, M. de Halden, demanda le comte, avez-vous véritablement écrit cela? ne le trouvez pas mauvais, c'est une grande imprudence. Si j'avais vu la lettre plutôt, ... en vérité! vous ne méritez pas la main de Louise. Si les choses n'étaient pas aussi avanceés, M. de Halden, je....

— J'en conviens, dit Charles un peu rassuré : c'est une étourderie. Mais l'excès de mon amour.... pardonnez-moi une démarche qui.... qui....

Le comte répartit, néanmoins en fronçant le sourcil : ce qui est fait est fait, Louise. Pardonne-lui comme je lui pardonne !

Louise pâlit. Elle ne s'était attendue à rien moins qu'à cela, et s'était même crue déjà libre. Avant qu'elle pût dire un mot, le père continua de lire.

« Cette démarche est nécessaire, ma chère Julie, pour enfin parvenir à mon but, car il n'est pas d'autre moyen

de faire sortir Louise du cercle magique
de son amour. La vieille cousine, il
est vrai, intercède pour mon bonheur,
avec ses lèvres bleues et sa bouche édentée, mais ...»

—Oh! vous êtes un impertinent! s'é-
cria la cousine tremblante de colère, et
Louise ne vous épousera point. —Elle
arracha la lettre d'entre les mains du
comte, pour s'assurer de ses propres
yeux, si ces mots affreux s'y trouvaient.

Le comte qui voyait avec plaisir la
vieille cousine un peu compromise,
dit en souriant : oui, c'est une grande
étourderie. D'honneur ! vous pouvez
vous estimer heureux que le jour de
vos noces soit arrêté pour après demain,
sinon, vous auriez fort à démêler avec
la cousine.

—Ah! mon Dieu! non, reprit la
cousine en ricanant. Je veux pourtant
achever de lire la lettre.

« Et le Comte est un vieux fou, un
important, qui n'a dans la tête et sur
la langue, que son arrondissement, son
Ratisbonne ».

Le comte lui reprit à son tour la lettre avec humeur, y jeta un coup-d'œil et trouva ces injurieuses expressions. — Comment! s'écria-t-il: un vieux fou? un important?.... Vous êtes un impertinent drôle, un fourbe, Monsieur, et pour vous prouver que je ne suis pas aussi fou que vous le croyez, je vous déclare que votre mariage n'aura pas lieu, et que vous voudrez bien prendre sur-le-champ la porte.

Survint alors une scène vraiment comique. Charles voulut faire encore une tentative, et prenant la parole : je....

La cousine l'interrompit : — Des lèvres bleues? voyez un peu le beau sire! Edentée! qui lui a dit cela?

Charles s'adressant au comte: je....

— Un fou! un important! s'écria le comte : allons, allons, je ne suis pas votre fait.

— Je.... dit Charles à Louise.

— Vous devez voir, Monsieur, qu'il ne vous reste rien de mieux à faire qu'à vous retirer.

La cousine déclama contre madame
de Halden, et celle-ci riposta. Le comte
outré de colère, lança de gros mots,
pour la première fois, depuis nombre
d'années. Louise n'entendait rien de
tout cela ; elle ne pensait qu'à son
amant et avait oublié tout ce qui l'en-
vironnait.

Madame de Halden tira enfin sa ré-
vérence, et prononça, dans son cour-
roux, des mots que personne n'entendit. La cousine rendit le salut, en parlant aussi énergiquement. Charles et
le comte parlaient aussi tout-à-la-fois.
Au milieu de ces propos violens et ani-
més, ils sortirent tous quatre de la
salle et descendirent les escaliers. Les
domestiques montrèrent le nez et virent,
à leur grand étonnement, ces personnes
en colère. Madame de Halden prit le
bras de son fils ; la cousine s'attacha
à celui du comte. On se fit encore
un salut de part et d'autre. Charles
et sa mère montèrent en voiture ; le
comte et la cousine remontèrent l'escalier. A chaque troisième degré le

comte disait : moi ! un vieux fou ! —
Et la cousine répétait : des lèvres bleues !
édentée !

Louise était déjà rentrée dans sa
chambre et s'écriait en étendant les
bras et ouvrant des yeux brillans de
douces larmes : je l'ai retrouvé.... il est
innocent !

Charles aigri et couvert de honte,
méditait dans la voiture. Il ne pouvait
concevoir qui lui avait arraché des
mains une victoire si prochaine. Sa
mère, qui était peu au fait de ses plans,
maintenant détruits, voulut en connaître la connexion; mais dans son aigreur il lui répondit avec emporte-
ment et dureté. Elle remarqua alors
pour la première fois, que son fils ne
l'aimait que lorsque tout allait à son
gré. Ils arrivèrent à la maison, piqués
l'un contre l'autre, et se boudèrent
d'abord. Mais lorsque Charles sut, à n'en
pas douter, qu'Emilie s'était échappée
avec Julie, il changea de système et eut
bientôt reconquis les bonnes graces de
sa faible mère. Il apprit aussi qu'Emilie
résidait

résidait à Sollingen, et alors il pressa sa mère de la réclamer au Major. La mère eut peine à se déterminer à cette démarche; mais il le fallut bien, Charles ne cessant de l'importuner.

Elle écrivit au Major avec aigreur, et à Emilie avec menaces. Emilie se refusa à la sommation de sa mère d'un ton respectueux, mais ferme; le Major répondit la lettre suivante :

« Ma sœur, Charles est un drôle, un voleur de grands chemins, un ravisseur d'hommes. Un drôle, car il a voulu pervertir son frère; les cheveux m'en ont dressé sur la tête, quand Julie me l'a raconté; mais c'est ce que Dieu jugera : un voleur de grands chemins, car il a enlevé Emilie : un ravisseur d'hommes, car il a vendu Seibold aux Autrichiens. Je ne vous rendrai pas Emilie. Vous pouvez me citer par devant les tribunaux, et je demanderai aux juges si je dois livrer un enfant entre les mains d'une mère qui n'aime qu'un de ses fils, parce que c'est un scélérat, et qui déteste les deux autres,

4.

parce qu'ils ont un cœur et des sentimens. Au reste conseillez à Charles de
ne jamais se trouver devant moi ou
devant mon vieux hussard. On tue un
loup partout où on le rencontre, et
Charles est pire qu'un loup : c'est un
diable maudit. Hennig reviendra, je
vous le dis; il saura tout, et travaillera
le monstre, je vous en réponds. Seibold
aussi reviendra ; je me repose à ce sujet
sur la justice divine. Si vous ni votre
Charles n'avez point peur des hommes,
dites-lui pourtant qu'il devra mourir,
et rendre compte devant le tribunal
suprême. Nous tous, Emilie, son frère,
Seibold et moi, nous serons les accu-
sateurs, et là, l'hypocrisie ne sert à
rien, vous le savez.

» Je n'ai rien de plus agréable à vous
écrire. En ce moment, mes yeux sont
pleins de larmes. Dieu veuille que ma
lettre soit efficace ! *Amen !*

HALDEN ».

Cette lettre ne produisit pas l'effet
qu'avait espéré le Major. Charles se

moqua du ton de bonne foi qui y régnait. Mais la menace de son oncle, qui promettait de le fusiller comme un loup, fit plus d'impression sur lui. Autant pour se dérober au danger, que pour ne pas être témoin du triomphe de son maudit frère, lors de son retour, il résolut de voyager. Il partit de Moorberg quelques jours après, muni des bénédictions de sa mère et de fortes lettres de change de son père.

Le vieux et fidelle Hennig ménageait une belle danse au gentilhomme, dès que l'occasion s'en présenterait. Lorsqu'il connut sa conduite, il frissonna d'indignation, et manifesta énergiquement toute son horreur pour Charles t sa résolution de venger sur sa personne, Hennig, le bien-aimé de son cœur. Dès lors, il ne sortit plus sans être armé de son sabre, et fut très-mécontent d'apprendre que Charles était parti pour un voyage de long cours. Sa colère retomba alors sur Séenberg. Souvent il déclarait avec vigueur au Major, qu'il était de son de-

2

voir de demander raison à ce satan. Emilie raconta alors les aventures de Dorothée dont elle ne savait le fil, que jusqu'au moment de son arrivée à Sollingen. Le Major rida son front, et avant d'aller se mettre au lit, dit d'un ton calme à son Hennig : mon vieux, demain, nous avons une partie d'honneur.

— Dieu soit loué ! répartit Hennig. — Il descendit, donna le fil au sabre du Major, mit en état ses pistolets, et alla tranquillement se coucher. Le repos du Major ne fut pas aussi paisible. Il se tint assis sur son lit, et se demanda à lui-même : ce que je prétends faire, est-il juste ? Le bon Dieu sait que toute ma vie j'ai eu le ⬛el en horreur, car c'est un assassinat. Mais il est pourtant des fripons que l'on ne peut joindre qu'avec la lame. Si je pouvais porter des plaintes, je laisserais volontiers rouiller mon sabre dans le fourreau. Mais, grand Dieu ! à qui un pauvre père doit-il s'adresser, lorsqu'un monstre séduit sa fille ? A qui dois-je me plaindre du mal que ce drôle a voulu faire à mon Hennig ? Nous avons aussi une justice à exercer ; le scélérat ne doit pas rester impuni. Non, en cela il n'y a point de mal. Nous autres hommes, nous devons être justes, comme Dieu l'est lui-même. — Tranquillisé par ces réflexions, il laissa retomber sa tête sur le coussin, et deux minutes après, le repos de son ame se communiqua à ses paupières.

Le lendemain matin, il s'assit gaiement au milieu de sa famille, sans penser que peut-être il la voyait pour la dernière fois ; tant était grande sa confiance en la justice divine ! Il appella Hennig un moment à la fenêtre, sans être remarqué, et lui dit : mon vieux, tiens toujours les chevaux prêts ! je ne veux point le tuer, mais lui administrer une petite leçon, et lui faire voir que les hommes sont au-dessus de lui.

Au moment où les chevaux sortaient de l'écurie, la voiture de Louise entra dans la cour, et chacun de s'écrier :

3

Voici notre petite comtesse ! — Julie
pâlit un peu, et sé serra contre Emilie.
Celle-ci lui dit : soyez tranquille ! Louise
vous pardonnera.

Le Major était allé recevoir la comtesse. Elle se précipita dans ses bras,
et lui dit en pleurant : ô mon père,
mon bon père ! maintenant j'ai retrouvé
le bonheur ; Halden est innocent. Ah!
pourquoi ne me disiez-vous pas plutôt
qu'il m'aimait encore, et qu'il était si
malheureux ? il y a long-tems que je lui
aurais pardonné. — Le vieux Hennig
lui serra la main qu'il baisa, et le Major
la conduisit en haut. Elle ne savait pas
encore au juste, comment tout s'était
passé, et elle venait pour le demander
à Emilie. Lorsqu'elle entra dans la
chambre, son premier regard tomba
sur Julie, et elle changea de couleur.
La femme du Major d'un côté, et
Emilie de l'autre, coururent à elle,
en poussant des cris de joie ; mais
Louise tenait toujours ses yeux inquiets
fixés sur Julie.

Julie s'approcha enfin d'elle, et lui

dit d'une voix douce : non , vous ne
pourrez jamais me pardonner d'avoir...,

— Si fait! si fait! mais est-il innocent?
tout-à-fait innocent ? m'a-t-il toujours
été fidelle ?

— Digne comtesse , il n'est point au
monde d'homme plus vertueux et plus
fidèle que M. de Halden. Il est tout-à-fait
innocent.

— Mais , reprit Louise , il se nomme
lui-même un perfide. O Dieu , comme
je suis trompée !

Julie lui raconta alors tous les détails
de l'aventure , et tranquillisa ainsi pleinement la comtesse. Elle finit même
par dire : sa fidélité était si tendre ,
qu'il regardait comme injurieuse pour
vous , la pitié et l'amitié dont il m'ho-
norait. Il ne m'a jamais aimée , digne
comtesse , non , jamais, je vous le jure.

Louise avait encore mille questions
à faire , mais Julie répondait toujours
vîte , et ne se contredisait jamais , quoique souvent elle donnât à ses tableaux
une teinte plus froide qu'ils ne l'avaient
eù réellement. Louise termina l'entre-

4

tien, en embrassant Julie, et l'assurant qu'elle lui pardonnait de bon cœur.

Le Major prit alors congé, sans rien manifester de ses desseins, et monta à cheval. En route, il eut encore une longue dissertation avec son vieil ami, sur la question du duel. Il répéta ce dont il s'était occupé la veille avant son sommeil. Le vieux Hennig trouva ses raisons fort judicieuses. — Où en serions-nous, dit-il, si l'on ne faisait quelque fois des exemples ? à la fin les fripons auraient le dessus. Non, il faut une fois usurper les droits du bon Dieu. Il peut se faire qu'il tolère les fripons avec patience, et qu'il en ait pitié; mais nous, pauvres hères, nous sentons à la fin où la botte nous blesse.

Cette réflexion attira l'attention du Major. Il arrêta son cheval, et dit : hem! Tu peux avoir raison, mon vieux; mais moi, ver de terre, dois-je être moins patient que le bon Dieu! S'il lui plaît de laisser sur la terre des gens comme Sélenberg et consorts, est-ce à moi de le trouver mauvais ? Non, bon

Hennig, il faut auparavant bien faire ses réflexions.

— Tout est réfléchi, M. le Major. Si les hommes voulaient être aussi patiens que le bon Dieu, nous ne pourrions bientôt plus nous sauver des voleurs et des assassins. Il laisse aux hommes le droit de les punir ici-bas. Marchons toujours! Dieu nous accompagne. —

Le Major médita encore quelques instans, et dit ensuite : — C'est juste, marchons! Il est vrai que le droit de punir n'appartient qu'aux autorités et non au premier venu, quelqu'honnête homme qu'il soit; mais dans un cas auquel les autorités ne peuvent, ni ne doivent prendre part, il faut qu'un honnête homme le fasse. Hennig, plus j'y songe. . . . ce n'est qu'à la dernière extrémité, fais-y bien attention, à la dernière extrémité, et je crois vraiment que tel est le cas avec Sélenberg.

— Je le crois comme vous, M. le Major, et vous voulez vous contenter de lui administrer un petit *mémento* pour l'avenir?

5

— Oui , avec l'aide du Seigneur. —
Jamais homme, au moment d'un
duel, ne fut pénétré de sentimens aussi
religieux, et ne montra une ame aussi
calme que le Major. Il arriva enfin sur
les terres de Sélenberg, descendit dans
une auberge, et entra dans un petit
bois de bouleaux, qui se trouvait derrière le château. — Va le chercher,
et amène-le moi ici, Hennig ! dit le
Major. Sois honnête, sur-tout, pour
qu'il voie que nous savons vivre aussi! —

Hennig traversa le jardin avec beaucoup de gravité, arriva au château, et
demanda à un domestique si le maître
était au logis. — Je l'ignore, répond
celui-ci, il faut le demander au valet-de-
chambre. — Où est le valet-de-chambre?
— Eh ! que m'importe ! dit cet homme,
et il voulut se retirer. Mais Hennig le
saisit au collet, et lui demanda d'une
voix forte : où est le valet-de-chambre?
— A ce bruit effrayant qui fit trembler
les fenêtres, plusieurs domestiques accoururent à-la-fois. — Je suis le valet-
de-chambre. — Votre maître est-il à la

maison , demanda Hennig d'un air
sombre ? — Oui. — Il faut que je lui
parle.

— Dites-moi seulement ce dont vous
êtes chargé , et vous aurez bientôt la
réponse. (En parlant ainsi , le valet-
de-chambre toisa des pieds à la tête le
vieux Hennig). — Vous n'avez pas
besoin de savoir ce que j'ai à dire à
votre maître. — Je vais vous annoncer. —

Le valet-de-chambre monta les escaliers , et alla chez son maître. Hennig
le suivit lentement , arriva jusqu'à la
chambre de Sélenberg , et entendit ces
mots : dis que je ne suis point au logis.
— Sélenberg , depuis son aventure avec
Grell , était devenu passablement timide , et il voulait sur-tout ne pas être
interrompu dans un moment où il avait
précisément chez lui son ami Charles
de Halden.

Hennig ouvrit tout-à-coup la porte ,
et entra gravement dans la chambre.
Charles et Sélenberg furent saisis en
l'appercevant. — J'ai quelques mots à
vous dire en particulier, débuta Hennig.

6

— Charles fit un mouvement vers la porte ; mais Sélenberg le retint, et lui dit : reste !... M. de Halden est mon ami, il peut entendre tout ce qui me regarde.

— Soit. Ce domestique-là est-il aussi votre ami ?

— Impertinent ! s'écria Sélenberg, qui prenait pour une ironie ce que le vieillard disait très-sérieusement. — Rassemblez mes gens ! dit-il tout bas à son valet-de-chambre... Que voulez-vous ?

— Le Major de Halden, mon maître, m'envoie vous dire qu'il a à vous parler en particulier. Il est dans le petit bois de bouleaux, attenant au jardin. J'ai l'ordre de vous amener ; ainsi vous voudrez bien.... —

Sélenberg chercha en vain à déguiser son embarras. — Il faut avouer, dit-il enfin en souriant, que votre maître est fort poli, de me faire dire cela par un palfrenier ! D'honneur ! c'est très-poli !

— Oui, je suis un palfrenier, mais

en même tems un honnête homme et
qui vaut mieux qu'un fripon de président. —

Sélenberg sauta à sa sonnette, et
tous les domestiques se précipitèrent
dans l'appartement. — Que dis-tu là,
drôle? s'écria Sélenberg avec des yeux
étincelans. Mettez - moi à la porte ce
grossier personnage !

— Comment! s'écria le vieillard d'une
voix de tonnerre, et lançant des éclairs
par les yeux : me mettre à la porte !
— Il s'adossa à la fenêtre, et porta la
main à la poignée de son sabre. — Ne
m'approchez pas, je vous le conseille ;
je m'en irai bien moi-même, quand je
me serai acquitté de ma commission.
— Les valets intimidés regardaient le
vieillard, sans qu'aucun osât avancer
de plus près, tant ses yeux étincelaient
d'une manière effrayante !

Le gentilhomme dit tout bas à Sélenberg : n'entre pas en discussion avec
ce vieux drôle, c'est un diable, lorsqu'il est en colère. —

Sélenberg n'avait point du tout envie

de se battre, et restait debout d'un air sombre et inquiet. Charles lui dit à l'oreille : donne de bonnes paroles au Major, et joue le repentir ; tu verras qu'il se désistera. — Sélenberg dit à Hennig : votre maître est donc dans le petit bois de bouleaux ? je vais lui parler ; venez ! — Le vieillard marchait à pas lents derrière Sélenberg qui tenait Charles par la main et dont la frayeur augmentait à chaque pas. Charles voulut s'esquiver en chemin ; mais Sélenberg le retint avec force, et ils arrivèrent enfin au bois de bouleaux.

Le Major était assis sur un tronçon d'arbre, la tête appuyée sur ses mains, et réfléchissait toujours sur la légitimité de sa conduite. Mais lorsqu'il apperçut Sélenberg et sur-tout Charles, sa colère se ralluma et tous ses scrupules furent dissipés. Il se leva brusquement, posa son bonnet sur le tronçon d'arbre, marcha au devant de ses ennemis, resta debout en face d'eux et les regarda d'un œil sombre. Puis il s'écria avec une douleur étouffée : faut-

il qu'à mon âge , couvert de cheveux
blancs , je fasse ce que je n'ai jamais
fait dans ma bouillante jeunesse ! mais
vous m'y forcez , M. de Sélenberg. Vous
avez jeté une femme dans les bras de
mon neveu (ce n'est pas de ce drôle
que je parle) , pour le rendre malheureux. Vous êtes la cause du malheur
de Seibold , des larmes de la comtesse
d'Espenbruch et des souffrances d'Emilie. Vous avez fait le malheur de la fille
d'un honnête homme , de mademoiselle
Grell , et vous avez mis sa mère au tombeau. Vous n'en disconviendrez pas ,
Monsieur , ce sont là les faits d'un scélérat. S'il existait un tribunal devant
lequel je pusse déposer vos crimes ,
vous ne me verriez point ici. Mais
il faut bien qu'un homme se charge
de vous corriger , et je veux être cet
homme. Choisissez de mon sabre ou
de celui de Hennig. (Hennig tira son
sabre hors du fourreau) : voila aussi
une paire de bons pistolets ! — (Hennig
versa de la poudre dans les bassinets).

Sélenberg pâlissait déjà ; mais sa

frayeur redoubla encore, lorsque Hennig lui dit : si j'ai un conseil à vous donner, prenez le sabre, M. de Sélenberg. Mon maître n'a pas envie de vous étendre mort sur le terrain ; il veut seulement vous donner une petite leçon. Quant aux pistolets, c'est une autre affaire, et personne ne peut parer une balle. Et puis, je vous avertis que mon maître tire dans un bouton. Deux doigts plus avant, vous voilà couché par terre. —

Ce ton d'assurance jeta Sélenberg dans les plus vives transes, et il dit en tremblant : d'honneur ! M. le Major ! je ne sais comment vous en venez à cette extrémité avec moi, dans un moment sur-tout où je m'occupe à réparer mes torts. Cette Grell dont vous me parlez est réellement ma femme, et j'ai fait légitimer ma fille. Depuis long-tems j'ai renoncé à mes prétentions sur Emilie. Je croyais avoir par là recouvré votre estime ; en conscience ! je le croyais ; c'est à quoi tendaient mes efforts.

— Comment ! dit le Major étonné :
cette Grell serait votre femme ? cette
Grell de Valbois ? est-ce bien vrai ?

— Aussi vrai que le ciel est au-
dessus de nos têtes ! je peux vous faire
voir l'acte de mariage et la permission
du prince, de légitimer ma fille.

— Eh bien ! je serai charmé de les
voir ... rengaîne le sabre et les pistolets, Hennig ! Si c'est ainsi, Dieu me
préserve d'être fâché du bien qu'il ins-
pire ! venez !

Sélenberg, le cœur soulagé, conduisit chez lui le Major et lui donna
connaissance des deux pièces annon-
cées. — Cela est fort bon, dit le Major,
mais montrez-moi plutôt votre femme
et votre enfant ! — Sélenberg leva les
épaules, et dit avec une sensibilité
apparente : je me suis marié, pour
redresser mes torts ; mais je n'ose pré-
tendre au bonheur d'avoir ma femme
près de moi. — Pourquoi non ? — Parce
qu'elle ne m'aime point.

— Hem ! répartit le Major, il est

facile d'en avoir la preuve. Ecrivez une
fois à votre femme de venir ; je lui
écrirai de mon côté. Elle me connaît
bien de nom. Puis envoyez à Valbois
une voiture par mon vieux Hennig. Il
y a tout au plus cinq milles d'ici. Nous
verrons si c'est votre faute ou celle de
votre femme.

Sélenberg était pris mieux que jamais. Ce jour - là même il attendait
l'agréable nouvelle de la mort du terrible Grell, qui était dangereusement malade, et dont il espérait d'être délivré.
Il comptait, dès qu'il n'aurait plus rien
à craindre de cet homme, faire rompre
son mariage. Mais voici qu'il avait en
face le non moins redoutable Major,
qui menaçait de rendre son union plus
indissoluble. Sélenberg allégua toute
sorte de prétextes, mais néanmoins
avec tant de flexibilité, que le Major
ne pût se fâcher. Il prit fort amicalement congé de Sélenberg, et lui rappela de nouveau de se donner du mouvement, pour faire bientôt venir sa

femme. — Vous me connaissez, dit-il
énergiquement : ne me forcez point à
une seconde visite !

Cette indulgence du Major avait beaucoup déplu à Hennig. Il raconta à son
cheval en murmurant : allons ! voilà
le fripon manqué ! mon maître vient
de faire pour la première fois une sottise. — Au contraire, dit le Major : j'ai
bien agi. Il m'est revenu une foule de
choses, auxquelles nous n'avions pas
pensé. Primo, Charles était-là. Tiens,
si j'avais à exercer les droits de la justice envers quelqu'un, ce ne serait pourtant pas envers lui, car c'est le fils de
mon frère, et Sélenberg n'est qu'un
étranger. Dis-le toi-même : puis-je me
battre avec Charles ? Si je n'ai pas ce
droit-là sur lui, je l'ai peut-être encore moins sur un étranger ; et si Sélenberg a épousé la fille de Grell....
faut-il estropier son mari ? — Bon ! dit
Hennig : le croie qui voudra ! pour
moi, je n'en ferai rien. C'est une dé-
faite de sa part. — Il s'étendit alors sur
cette matière, jusqu'à ce que le Major

s'écria : nous verrons bientôt ce qu'il
en est. Allons à Valbois ! — Ils tournèrent bride , et arrivèrent le soir à
Valbois. Le Major entra dans la maison , et ne trouvant personne en bas,
monta les escaliers. Vint alors Dorothée d'un air pâle , consternée , et joi-
gnant les mains. Le Major lui adressa
la parole et se nomma.

— Quoi ! c'est vous ? dit Dorothée,
et un rayon de joie brilla dans ses yeux.
Elle l'introduisit dans la chambre où
son père reposait sur son lit de mort.
— Voici M. le major de Halden ! dit
Dorothée ; et son père étendit ses bras
affaiblis, qu'il laissa retomber. — Maintenant , dit-il d'une voix presqu'éteinte,
je quitterai ce monde avec contentement. Dieu a exaucé mes vœux. Pro-
tégez ma fille contre les entreprises de
Sélenberg ; c'est un père mourant qui
vous en prie !

Le Major lui tendant la main , le
promit solemnellement. Il fallut que
Dorothée racontât les circonstances de
son mariage , son père étant trop exté-

nué pour le faire lui-même. — Peut-
être, dit le Major, est-il disposé à
vous reconnaître pour sa femme. Dans
tous les cas, je vous prendrai chez
moi, ainsi que votre fille, et soutien-
drai vos droits contre un chacun. —
Cette assurance réitérée adoucit les der-
niers momens du père. Il tendit la main
au Major, jeta sur lui un regard pénétré de reconnaissance et.... cessa de
vivre.

Le Major ne pouvait quitter Dorothée, qui avait besoin alors de tant de
consolation. Il resta près d'elle jusqu'à
ce qu'on eût rendu au défunt les der-
niers devoirs, puis il lui proposa de
venir à Sollingen avec lui. Elle y consentit d'autant plus volontiers, qu'elle
avait à craindre les poursuites de Sélenberg. On fit l'emplette d'une chaise
dans la ville la plus proche. Dorothée
confia à une famille de charbonniers
certains effets qu'elle ne pouvait emporter, distribua le reste et monta en
voiture avec sa fille.

Le Major lui avait déjà souvent de-

mandé : ne pouvez-vous donc vous résoudre à vivre avec Sélenberg? c'est
pourtant votre devoir, comme femme
et comme mère. — Elle ne pouvait rien
répondre à cela, sinon que c'était impossible. — Sans doute, reprenait-il,
il faut d'abord voir ce que pense Sélenberg. C'est à lui de vous réclamer,
et non à vous de faire la moindre démarche.

Sans en prévenir Dorothée, le Major
se détourna pour passer sur les terres
de Sélenberg, qui n'étaient pas fort
éloignées de la route; mais il apprit
que le président était parti pour la résidence, et il résolut de l'y joindre.
Il y arriva le soir du second jour, se
fit aussitôt annoncer chez Sélenberg,
et fut informé que M. le président devait
partir le lendemain avec la cour, pour
se rendre à un château de plaisance.
Alors il dit à Dorothée : prenez les
meilleurs habits que vous ayez ! —Elle
crut qu'elle allait rendre visite à son
oncle Ahrens, et choisit un habit qui,
quoique simple, n'était pas tout-à-fait

hors de mode, l'ayant fait sur le modèle de celui qu'Emilie portait à Valbois. Lorsqu'elle fut montée en voiture
avec le Major, celui-ci prit sa fille sur
ses genoux, la caressa et dit à la mère :
du courage, Dorothée! nous allons chez
Sélenberg. — Dorothée fut saisie ; mais
le Major l'assura d'une manière si
tendre, qu'il la seconderait, que ses
craintes s'évanouirent et qu'elle dit avec
résolution : oui, je lui montrerai sa
fille ; n'est-il pas son père et mon
époux ?

—Bien, mon enfant! très-bien! et
toi, ma petite, connais-tu bien encore
ton papa?—Oh oui !—Eh bien! lorsque
nous entrerons dans la chambre, cours
à lui, appelle-le ton papa et jette-toi
à ses pieds ! — Il enseigna ainsi à la petite le rôle qu'elle devait jouer, et au
milieu de ces entretiens, ils arrivèrent
à la demeure de Sélenberg.

Aussitôt après le départ du Major,
le président était parti pour la résidence. Avant de rompre les liens qui
l'attachaient à Dorothée, il lui fallait

absolument savoir pourquoi le prince s'était intéressé à elle, et il craignait de ne pouvoir atteindre son but, sans jouer de ruse. Dès son arrivée, il rendit des visites et répondit aux félicitations qu'on lui adressa sur son mariage par un sourire qui déconcertait tout le monde. Toute la cour fut sa dupe. Le prince lui-même ne sut à quoi s'en tenir, le voyant affecter si peu de mécontentement et s'excuser de son absence, en alléguant des affaires qui l'avaient retenu dans ses terres. Du reste, il n'était pas fâché du retour du président, car il ne pouvait s'en passer, à cause du talent qu'il possédait d'inventer et d'ordonner des parties de plaisir.

En un mot, personne ne savait au juste ce qu'il en était, relativement au mariage de Sélenberg. Lui faisait-on des questions sur cet article? il répondait en riant : dans un mois, j'espère mettre toute la cour de bonne humeur. On rira, j'en réponds; mais non à mes dépens. — Où est donc votre femme?

— Ma femme ! voilà précisément ce qu'il y a de risible ! ma femme est ici, là, partout; et ma fille donc ! ne savez vous pas que j'ai une fille? vous devriez le savoir, et c'est le plus plaisant de l'affaire.

Dès le troisième jour, on se dit mutuellement : Sélenberg n'est sûrement pas marié, et à la fin il se gaussera de nous. — Tel avait été le but de Sélenberg. Par crainte du Major, il ne voulait point renier son mariage ; mais il ne voulait point non plus l'avouer. De plus, il espérait se dégager d'avec sa femme, sans qu'on en rejetât sur lui la faute. Ses relations avec la cour se renouèrent bientôt comme auparavant, et le soir même où le Major arrivait à la résidence, avec Dorothée et sa fille, il donnait une fête à laquelle le Prince, lui-même, et son épouse prenaient part.

Le Major étant descendu de voiture avec sa compagne, et entré dans la maison, un domestique le conduisit jusqu'au haut de l'escalier. Un autre

4.

H

domestique , qui se tenait à la porte de la salle , s'étonna de voir arriver deux dames si simplement mises, et crut entrevoir qu'elles ne devaient pas être de la société ; mais les voyant accompagnées d'un officier décoré d'un ordre, il ouvrit la porte.

Le Major fut près de rebrousser chemin , lorsqu'il vit tant de personnes et de bougies dans la salle ; mais il était trop avancé pour pouvoir reculer. A peine eut-il fait quelques pas, que tous les yeux se dirigèrent sur ces deux femmes si simplement mises.

— Qui vient là ? demanda le prince, dont les premiers regards s'étaient portés sur les dames, sans appercevoir le Major. Sélenberg , qui avait la vue un peu courte , vola à la rencontre des étrangers. Au moment où il reconnut Dorothée, la petite Sophie s'était déjà précipitée à ses genoux et lui disait à haute voix : ô mon papa, ayez pitié de votre fille ! — Tout-à-coup la société se forma en cercle autour de Sélenberg et des étrangers. — Misérable créature !

s'écria Sélenberg bouillant de rage, et
il s'arracha des bras de l'enfant. Mais
tout-à-coup il apperçut le Major et demeura pétrifié, faisant piteuse mine.
Ses mains, dont il voulait repousser
l'enfant, étaient levées en l'air, et sur
sa face blême, tournée vers le Major,
on lisait la frayeur et la honte. A l'aspect d'une assemblée si brillante et si
nombreuse, le Major avait déjà desiré
de se voir bien loin, et au moindre
signe de Sélenberg, il se serait retiré.
Mais cette exclamation : misérable
créature ! raffermit sa contenance et
il s'échauffa sensiblement. — Misérable
créature ? reprit-il en s'avançant d'un
pas vers Sélenberg : oui, Dieu le sait !
c'est une créature bien misérable, celle
qui a un monstre pour père. — Le prince
s'approcha et le Major lui dit : daignez
ne pas trouver mauvais, Monseigneur,
que je me sois présenté ici ! j'ignorais
qu'il y eut société, sinon, je ne serais
pas venu aujourd'hui ; mais puisqu'enfin nous y voilà, je ne puis pourtant
pas entendre avec indifférence un père

appeler sa fille : misérable créature!.

Le Prince sourit et se tut. A chaque
seconde croissait l'embarras général.
Personne ne savait que dire, ni que faire.
Il fallait dans cette scène assez de fermeté, pour donner l'essor à la colère
ou à l'amour, n'importe laquelle de
ces deux passions ! mais Sélenberg, qui
cette fois avait perdu la tête, était là
debout au milieu de tous, comme dé-
sesperé et le regard abattu. Dorothée
pâle et tremblante de peur, s'était retirée vers la porte avec sa fille, et n'a-
vait pas même la présence d'esprit de
sortir. Le Major avec sa fougue accoutumée eût bientôt fait césser ce calme
profond, si l'idée qu'il pourrait peut-
être par là nuire à Dorothée, ne l'avait
contenu.

Le prince, après un moment de réflexion, dit : mon cher M. de Halden,
ces Dames ont peut-être besoin de repos; car probablement vous êtes récemment arrivé.... Eh bien ! Sélenberg, ajouta-t-il en souriant : vous ne
vous attendiez pas à cette surprise. In-

diquez à vos hôtes un appartement où ils puissent se remettre de leurs fatigues ! mais dépêchez-vous ! dans un quart-d'heure nous faisons la partie.

Ces mots rendirent Sélenberg à lui-même. Il offrit le bras à Dorothée, fit un salut, et l'emmena dans une chambre voisine. Elle alla machinale-ment avec lui ; le Major tout honteux les suivait à petits pas.

Sélenberg, hors de lui, se jeta sur le sopha, en s'écriant : j'enrage. — Comment ! demanda le Major, qui commençait à reprendre ses sens : ve-nez, ma chère Dame ! viens, pauvre enfant, innocent et délaissé ! je vous donnerai à tous deux un asyle. Aban-donnez ce vil scélérat aux tourmens de sa consience ! —

Sélenberg se leva, écumant de rage. — M. le Major, vous ne m'insulterez pas impunément chez moi ; j'en de-mande satisfaction. Oui, je hais ces abo-minables créatures et vous avec elles. Vous avez offensé mon honneur ; de-main nous nous reverrons.

3

— J'y compte ; à demain ! je t'apprendrai à craindre la mort. Demain tu paraîtras avec moi sur le seuil de l'éternité et devant le trône de la justice divine. — Il emmena brusquement Dorothée et sa fille hors de la chambre, monta en voiture , et regagna la maison.

Sélenberg marcha encore long-tems à grand pas de long en large. Il était alors assez animé, pour rire des menaces du Major ; et dans cette situation de l'ame, il eut le courage de retourner auprès de la société , sans trop perdre contenance. On jouait déjà. Vint ensuite une collation , et la société se sépara, sans que personne eût fait la moindre réflexion sur cette scène extraordinaire.

Sélenberg vint enfin à méditer de sang-froid. La honte d'un pareil éclat, et sa colère contre le Major entretinrent encore son courage ; mais le lendemain matin, il changea de couleur, lorsqu'il se réveilla en pensant au terrible Major. Il le voyait l'œil en feu ; agitant au-dessus de sa tête son sabre flamboyant , comme l'ange de la mort. Pour la première fois il maudit son libertinage, et pensa à la mort en frissonnant. Déjà il méditait les moyens d'éviter le duel, et il était presque résolu d'employer l''entremise de Dorothée. Pendant que ces idées flottaient encore dans son esprit, la porte s'ouvrit, et le Major en armes entra dans sa chambre.

Sélenberg tâcha de se remettre. Il se mit à causer, fit apporter à déjeuner, et s'excusa de sa conduite de la veille avec un feu toujours croissant. Le Major se contentait de lui dire de tems en tems : Il est trop tard ! M. de Sélenberg, voulez-vous bien vous habiller ? je termine volontiers de bonne heure ces sortes d'affaires. — Sélenberg s'habillait nonchalamment, et lisait à haute voix un passage sur la démence du duel. Mais il s'apperçut à la fin que le Major ne voulait pas même prêter l'oreille.

Enfin après tant de lenteur, il fut prêt. Le Major se leva, prit son bonnet et partit. Sélenberg le suivit à pas lents. — Il faut pourtant, dit-il, que je fasse

4

seller un cheval ! — J'y ai pourvu, reprit le Major : votre cheval est à la porte depuis une demi-heure. — Le Major se rendit à un petit bois voisin.. Là il descendit de cheval, et fit signe à son Hennig de le tenir. — Pardon ! ô mon Dieu ! s'écria-t-il à haute voix, si je prends ici en main le glaive de la justice! (il tira son sabre hors du fourreau) mais j'y suis contraint. Celui qui séduisit si ignominieusement une fille, et assassina ses parens, qui repousse sans pitié son pauvre innocent enfant, n'est pas digne que la terre le porte. Je recommande son ame à ta miséricorde. —

Sélenberg avait l'air d'un criminel à genoux, prêt à voir tomber sa tête. Sa frayeur redoubla, lorsque le Major lui dit : vous plairait-il de descendre? — Hennig avait pitié du pauvre Sélenberg, et disait : M. le Major, laissez donc M. le président reprendre ses sens; il se croit déjà enterré, un enfant suffirait pour lui donner le coup de grace. — Je ne lui donne plus qu'un moment répartit le Major, qui ne pouvait se

défendre de s'appitoyer sur sa situation.
Enfin Sélenberg descendit. Il lui semblait aborder la rédoutable éternité.

O Dieu ! s'écria le Major, en levant
les yeux vers le ciel : ton œil nous voit.
Sois miséricordieux envers le coupable!
—A ces mots, Sélenberg se sentit comme
anéanti. Il porta la main à son front
que la frayeur avait couvert de sueur,
et parut chanceler. — Vous voulez donc
mon sang ? dit-il enfin d'une voix tremblante. Mais pourquoi, lorsque je veux
réparer ma faute autant qu'il m'est
possible ? Ordonnez, M. le Major, je
consens à tout : oui, je veux reconnaître Dorothée pour ma femme et son
enfant pour ma fille. —

Le Major le regarda long-tems d'un
air sérieux. — A la bonne heure ! dit-
il enfin; je ne suis pas venu ici pour
me venger, mais pour défendre votre
femme et votre fille. Si vous me re-
voyez encore une fois le sabre en main
(il brandit la lame au - dessus de sa
tête), il n'y aura plus de pardon. . . .

5

Ainsi vous voulez reconnaître votre femme et votre enfant ?

— Oui, aussi solemnellement que vous le desirerez, en face même de la cour, s'il le faut.

— Que m'importe votre cour ? Cédez seulement un revenu honnête à votre femme et à votre fille ; par exemple, une pétite terre. —

Sélenberg y accéda volontiers, et retourna à la ville le cœur soulagé. En chemin, il pria le Major de lui amener à dîner sa femme et sa fille. Maintenant qu'il était revenu à lui, il traita Dorothée avec toute la politesse d'un homme de cour, qui cède à sa destinée, et paraît faire volontairement ce à quoi il est contraint. Il prit même quelquefois sa fille dans ses bras, et la caressa. Après le repas, il fit dresser en forme l'acte de donation d'un de ses biens. Dorothée ne savait pas un mot de la scène du matin. La conduite de Sélenberg lui parut donc si généreuse, qu'elle n'eut pas la force de lui

faire aucun reproche, et pendant l'ar-
rangement des choses, elle garda le
silence, et se contenta de pleurer. Sélenberg ressentait alors réellement pour
elle et pour sa fille une espèce de bienveillance qui émoussait un peu les traits
de son déplaisir. Vers le soir, lorsque
Dorothée et sa fille se disposèrent à
partir, il n'eut pas le courage de demander si sa femme resterait près de
lui. On se sépara d'un air embarrassé,
mais pourtant honnête, et dès le lendemain matin, le Major retourna avec
la femme de Sélenberg à Sollingen,
que bientôt il revit avec plaisir.

Le nombre des personnes ne fit
qu'augmenter la joie, et chaque jour,
le Major se livrait de plus en plus à
l'espoir de voir bientôt revenir Hennig
et Seibold. — Faites-y bien attention,
disait-il avec satisfaction ; nous serons
tous heureux, tu le seras aussi, Emilie !

On alla de compagnie à Ransleben.
— N'est-ce pas, M. le comte, dit le
Major, à présent mon Hennig aura
votre bonne fille ? — Le comte, sans

dire positivement oui, ne donna en
même tems aucune réponse négative,
et Louise nourrit les plus douces espérances.

La joie redoubla encore, lorsqu'on
apprit, à n'en plus douter, que Charles
et Sélenberg avaient entrepris un long
voyage, et qu'ils ne reviendraient pas
de sitôt. Aussitôt après sa dernière entrevue avec le Major, Sélenberg avait
sollicité son congé pour se soustraire
aux sarcasmes qu'il avait tant à craindre, et était allé trouver son ami
Charles. Emilie et Julie n'avaient donc
plus les craintes qui n'avaient cessé de
les agiter, quoique le Major les eût
souvent assurées qu'elles n'avaient rien
à appréhender.

Louise écrivit alors à Hennig. Sa
plume brûlante d'amour le conjurait
de revenir le plutôt possible. Le résident russe promit de faire tenir la
lettre.

Emilie était la seule au milieu de ces
heureuses gens de Sollingen, qui ne
recouvrît pas sa sérénité, ne pouvant,

malgré toutes les informations, recevoir aucunes nouvelles de Seibold. Le
Major lui-même commença à craindre
un accident ; — car, dit-il à son vieil
ami, il aurait, s'il . . . . — S'il vivait
encore, voulait-il ajouter ; mais ces
mots furent remplacés par un profond
soupir.

Pendant qu'à Sollingen et à Ransleben on était si inquiet, Hennig reposait dans les bras de son cher pré-
cepteur. Seibold avait été obligé de
marcher de suite en Hongrie, et avait
été trop bien surveillé, pour pouvoir
écrire une seule fois. Les chagrins, les
regrets le rendirent malade, et enfin
il arriva sur les frontières de la Turquie. Là il fut incorporé, et acquit
bientôt par ses connaissances l'estime
de son capitaine, qui ne tarda pas à
le nommer sous-officier, et lui donna
l'espoir de l'élever à un plus haut grade.
Sans être extraordinairement brave, il
n'était point un lâche, et on pouvoit
l'employer par-tout, à cause de son
sang-froid.

Un petit corps de Russes et d'Autrichiens reçut l'ordre de se rassembler près de Munkatsch. Le sort tomba sur le régiment dans lequel servait Seibold, et qui, franchissant les montagnes, vint se porter sur les rives du Niester, où l'on établit des avant-postes, pour s'opposer aux incursions des troupes légères Turques. Un jour, les avant-postes russes, qui s'étendaient dans un bois le long du fleuve, furent attaqués, et il y eut une affaire. Les chefs autrichiens y détachèrent quelques volontaires, du nombre desquels se trouva Seibold. Déjà les Russes se battaient en retraite, poursuivis par les Turcs ; cependant le combat se rétablit à mesure que les Autrichiens arrivaient, mais les Turcs étaient encore trop en force, et leur cavalerie légère venait harceler l'ennemi de tous les côtés. Il en résulta plusieurs petits combats partiels. Seibold gagna un bois avec quelques soldats, pour tomber sur les derrières de l'ennemi. Tout-à-coup il vit deux Turcs aux prises avec un officier russe, qui, déjà blessé, ne se défendait que faiblement. Il vola à son secours, mais ses gens ne le suivirent point, parce que dans ce moment l'ennemi les assaillit de nouveau. Seibold fit feu. Les deux Turcs tournèrent, et au même instant, l'officier russe, affaibli par ses blessures, tomba de cheval.

Seibold entendit alors de tout côté les cris des combattans, et près de lui une clameur s'éleva : en retraite ! en retraite ! nous sommes perdus ! — Déjà il voulait rentrer dans la forêt, mais il s'apperçut que l'officier russe remuait encore et poussait un soupir. Il courut à lui, le secoua et lui versa un peu d'eau-de-vie entre les lèvres. L'officier ouvrit enfin les yeux. Seibold lui fit entendre par signes qu'il devait chercher à se sauver. L'officier se releva avec peine ; Seibold l'emmena dans le bois le plus fourré et le fit asseoir au pied d'un arbre. Alors il alla couper des branchages avec son sabre, pour cacher encore mieux l'endroit où le Russe reposait ; et sitôt qu'il entendait

du bruit, il s'enfonçait dans l'épaisseur
du bois.

Le tumulte enfin s'éloigna et Seibold
revint auprès du Russe, qui, pâle et
couvert de sang, était étendu par terre.
Il lui fit entendre par signes, qu'il voulait bander ses plaies (il avait reçu un
coup à la tête et un autre à l'arrière-
bras); il le pansa de son mieux. Le
Russe serra la main de son libérateur,
et s'endormit d'épuisement.

Seibold trouva le doliman, le turban et même le manteau d'un Turc
resté sur le champ de bataille. Il apporta tous ces vêtemens à son Russe,
pour l'en couvrir. Dans la nuit, Seibold
alla épier aux environs, s'il ne trouve-
rait pas un poste russe ou autrichien.
mais il ne vit de loin que des Turcs,
et revint presque sans espoir auprès
du Russe, qui était toujours enseveli
dans un profond sommeil. Enfin le
malade s'éveilla. Seibold eut la bonne
idée de lui parler en français, et à son
grand plaisir, il reçut une réponse
dans la même langue. Mais il rompit

sur-le-champ l'entretien , ne voulant pas affaiblir davantage le malade.

Ils se nourrirent du peu de pain que Seibold avait encore , et résolurent de passer là tout le jour, mais de cotoyer le Niester dans la nuit suivante, espérant gagner immanquablement Czerwonogrod. Ils se tinrent donc cachés pendant le jour, et mangèrent quelques racines que Seibold avait trouvées. Lorsque la nuit arriva , ils remontèrent le fleuve à travers des bois épais et des marais. Le Russe s'appuyait sur Seibold , qui supportait avec courage ce fardeau incommode , abaissait les épines sur son passage , et de tems en tems cherchait une place où son malade pût s'asseoir et se reposer.

Le lendemain matin , Seibold alla reconnaître les environs : il n'y avait aucuns dangers à craindre. Il tâcha donc d'arriver en un lieu quelconque, où ils pûssent trouver de la nourriture. Il alla seul et découvrit enfin la cabane d'un Polonais ou plutôt d'un Moldave , car les habits de cet homme te-

naient du vêtement des deux peuples.
Le Moldave vint avec Seibold et l'aida à
emmener le Russe dans sa chaumière. Il
accueillit très-hospitalièrement les étrangers, partagea avec eux tout son avoir,
consistant en quelques poissons séchés,
et fit dresser par sa fille un lit de
feuillages. Seibold lui fit entendre que
son compagnon était blessé. L'homme
fit un signe de croix, prononça le nom
de Marie, voulant dire qu'il était
chrétien et qu'il desirait lui être utile.

Il y avait effectivement urgence, car
le chemin avait fait tant de mal au
Russe, qu'il se sentit surpris par une
fièvre violente, avant de pouvoir se
jeter sur le lit. Seibold voulut alors
panser soigneusement ses plaies. La fille
le regarda d'un air de surprise et de
commisération, lui fit signe d'attendre
un moment et sortit à la hâte de la
cabane. Un quart-d'heure après elle
revint avec quantité de plantes et de
simples, dont elle pila une partie pour
l'appliquer au malade. Seibold ne savait s'il devait y consentir. Le vieillard

se signa à plusieurs reprises, prit une
hache, fit les mouvemens d'un homme
qui fend du bois, et montra sa fille d'un
air de triomphe. Seibold comprit sans
peine que l'homme voulait dire qu'il
s'était donné un coup de hache à la
jambe, et que sa fille l'avait guéri.
Néanmoins il branlait encore la tête. La
fille se jeta alors aux pieds du malade,
lui parla avec chaleur et posa la main
sur son cœur, comme si elle prononçait un serment.

Le Russe dit enfin à Seibold : laissez
cette fille faire ce qu'elle veut ! — Elle
lava une des plaies et y appliqua son
appareil de simples et de racines.
Lorsque le Russe lui donna à entendre
que sa douleur se calmait, elle se mit
à danser et lui baisa les mains. Elle
fit le même pansement à la blessure
de la tête. Mais avant cette opération,
elle pratiqua une ouverture au toît,
pour qu'il vint plus de jour dans l'obscure cabane, et pour mieux éclairer
le lit du malade. Elle dit ensuite à son

père de couper les cheveux au blessé,
autant qu'il serait nécessaire.

La fille sortit alors, alla chercher
de l'eau pour laver le visage du malade, qui était couvert de sang. Pendant ce tems, le Russe écrivit en pleurant sur son portefeuille, puis remit
la lettre à Seibold, en lui disant d'une
voix faible et toujours en français : si
je meurs, chargez-vous de faire parvenir ceci. Vous ne vous en repenti-
rez point. — Seibold promit de s'acquitter de la commission, et la fille venant
à rentrer, il sortit alors pour ne pas
étouffer plus long-tems ses larmes. Tout-
à-coup il jette un coup-d'œil sur la lettre
que le Russe avait écrite, et pâlit en
voyant cette adresse : à M. le Major
de Halden, à Sollingen, près de***.
Il reconnut aussi la main. Qui pourrait décrire sa douleur et son ravissement! c'était Hennig qu'il avait sauvé!
c'était Hennig que la providence lui
avait fait rencontrer dans ces contrées
lointaines! Il se prosterna en poussant

des sanglots, et put à peine tenir le
porte-feuille de ses mains tremblantes.
Lorsqu'enfin il voulut rentrer dans la
cabane, la fille en sortit et lui fit signe
de ne point faire de bruit, parce que
le malade dormait.

Dans l'excès de sa joie, Seibold pressa
la jeune fille sur son sein et s'écria :
c'est Hennig! l'ami de mon cœur! tiens,
le voici! c'est lui! — Il lui présenta
le porte-feuille. La jeune fille mit la
main sur ses lèvres, montra du doigt
la cabane et ferma les yeux.

Enfin Seibold reprit ses sens. Il dé-
vora avec ravissement et en même-tems
avec douleur la lettre que Hennig avait
déjà écrite à son oncle auparavant, et
au bas de laquelle il avait ajouté quelques
lignes au crayon. Il prenait congé de
lui, recommandait son libérateur, le
généreux hongrois, et faisait ses der-
niers adieux à Louise. Seibold, les
mains jointes, remerciait le Ciel de
l'avoir fortuitement conduit dans ces
pays éloignés. La fille, à ce spectacle,
se prosterna aussi et se mit à prier.

Seibold fit réflexion qu'il ne devait pas se découvrir à Hennig, de crainte que la joie qu'il en ressentirait ne vînt à lui nuire. Il ne tarda point à remarquer pourquoi ils ne s'étaient pas reconnus plutôt. Hennig était défiguré par le sang qui couvrait son visage ; la guerre avait rembruni et amaigri Seibold. Le costume et l'éloignement de leur patrie contribuaient aussi à les rendre réciproquement méconnaissables. Quand même ils auraient cru entrevoir une ressemblance confuse dans leur son de voix, ... comment s'imaginer que Hennig fût au service de la Russie et Seibold à celui de l'Autriche? et puis, ils n'avaient, depuis qu'ils étaient ensemble, parlé que quelques mots d'une langue étrangère.

Seibold entra à quatre pattes dans l'humble cabane et r'ouvrit la lucarne du toît, pour mieux considérer son Hennig. Maintenant que le sang ne masquait plus son visage, il reconnut ses traits. Il se coucha près du lit et eut peine à étouffer ses sanglots. La

lle s'attendrit en le voyant. Elle posa
a main sur son épaule et parut vouloir
ui demander pourquoi il prenait tant
le part à la santé du jeune homme.
Seibold montra d'abord Hennig, puis
porta la main à son cœur et serra les
bras, comme s'il embrassait quelqu'un.
La jeune fille témoigna sa joie par
toute sorte de gestes, comme si elle le
comprenait. Le père rentra dans le
même moment. Elle mit la main de
son père sur sa tête, et montrant successivement Hennig et Seibold, elle parut demander au dernier : es - tu son
père ? — Seibold ayant fait un signe af-
firmatif, la fille, à ce qu'il parut, raconta alors au vieillard, d'un ton fort
animé, que le père venait de retrouver
son fils. Elle courut dehors et revint
quelque tems après avec des fruits,
des fleurs et un lièvre qu'elle avait tué.
Elle apprêta son gibier, alla traire du
lait de leurs vaches; en un mot, elle
se disposa à célébrer par une fête cette
heureuse rencontre.

Seibold ne tarda pas à pénétrer l'in-

tention de la bonne fille, en la voyant
faire toilette. Pour lui témoigner sa reconnaissance, il lui donna quelques
pièces d'argent, un peigne, un couteau, une paire de ciseaux, qu'il avait
sur lui. — O Dieu! disait-il en lui-
même, en levant ses regards vers le
ciel : il est donc aussi dans les lieux
les plus sauvages des hommes qui re-
connaissent et respectent les lois! —
Hennig ouvrit enfin les yeux. Seibold
se détourna tout-à-coup ; mais la jeune
fille s'agenouillant devant Hennig, parut vouloir lui faire entendre que son
père était là. Elle tira Seibold par le
bras, se fâcha de ce qu'il détournait
toujours son visage, et lui rendit ses
présens. Seibold la força de les reprendre, et dit en allemand : bonne et chère
créature ! — Soudain Hennig tourne la
tête vers lui. — Vous parlez allemand?
— Oui, répondit Seibold. — O Dieu!
quelle joie ! s'écria Hennig ; et ses joues
se colorèrent. Je suis aussi allemand.
— Il tendit avec expression la main à
Seibold. — O mon sauveur ! mon bienfaiteur

faiteur ! — Seibold se détourna , pour
cacher sa profonde émotion. Mais la
fille s'adressant à Hennig , le pria , à
ce qu'il parut , de se nommer enfin.
Hennig regarda son libérateur d'un air
étonné , et lui tendit les bras. Seibold
ne put résister plus long-tems. Il se
précipita sur le sein de son ami , et
s'écria hors de lui : digne jeune homme !
— Seibold ! Seibold ! s'écria Hennig ,
qui tout d'abord le reconnut à sa voix.
— Il voulut sauter à son cou , mais il
retomba sur son lit en pâlissant. Bientôt de ses yeux, qui demeuraient toujours fixés sur Seibold , il jaillit des
larmes de joie. Peu à peu son visage
reprit couleur et la force revint dans
ses muscles , en sorte qu'il put se dresser sur son lit. C'est alors qu'il pressa
Seibold dans ses bras , sur son cœur.
Leurs larmes se confondirent. Des soupirs , des caresses et l'expression du
ravissement sortirent de leurs bouches.
La jeune fille bondissait de joie autour
d'eux , et le vieillard contemplait ce
spectacle d'un œil de complaisance.

4.   I

La joie, loin d'être nuisible au malade, rappela dans ses membres une nouvelle vigueur. Hennig s'appuya sur la cloison, et alors ils se racontèrent mutuellement leurs aventures, en se prodiguant les plus douces caresses. Le lendemain Seibold alla sonder les environs, pour voir s'ils étaient en sûreté. Tout était calme au loin, et dans ces contrées désertes il n'existait ni ennemis ni amis. Seibold résolut donc d'attendre là le rétablissement de son cher Hennig.

Un jour le vieillard revint au logis, et ses deux hôtes virent bien qu'il avait une nouvelle à leur apprendre. Seibold s'imaginait déjà que l'ennemi n'était pas loin ; mais la fille dissipa bientôt leur erreur, en leur faisant entendre ce que son père voulait dire. Elle posa sur la tête du vieillard la casquette russe de Hennig, auquel elle avait attaché le chiffre autrichien du bonnet de Seibold, voulant par là indiquer les deux puissances coalisées. Alors elle coëffa elle-même le turban que Seibold avait récemment trouvé sur le champ de bataille, et qu'il avait ramassé par précaution. Puis elle s'escrima avec son père pendant quelque tems. Enfin ils remirent l'épée dans le fourreau, et se donnèrent la main. Seibold et Hennig comprirent (c'était effectivement une nouvelle très - importante pour eux), que la paix était conclue entre les puissances ennemies. Rien ne s'opposait plus à leur retour, que les blessures de Hennig. Les simples de la jeune fille lui firent beaucoup de bien, et en peu de semaines il fut parfaitement rétabli.

Seibold et Hennig voyaient avec peine qu'ils ne pouvaient assez récompenser les services précieux de leur hôte et de sa fille. Ils tâchèrent de leur faire entendre de leur mieux, le desir qu'ils avaient de les emmener en Allemagne. Mais ce fut en vain. Ils s'informèrent enfin s'il n'y avait point de village dans les environs. Sur la réponse affirmative du père, ils le prièrent, ainsi que sa fille, de les y con-

2

duire. En peu d'heures ils arrivèrent
au village, où, à leur grande satisfaction, ils trouvèrent un Juif qui possédait assez d'allemand pour leur servir
d'interprête. Hennig fit proposer à son
hôte, par le canal du Juif, de le suivre
en Allemagne avec sa fille, que là il lui
procurerait un sort heureux.

Il y eut là une scène touchante. La
fille parla au Juif avec chaleur, et
celui-ci dit en souriant, qu'elle priait
ces deux Messieurs de rester dans leur
cabane; qu'elle irait à la pêche, à la
chasse, et s'occuperait de toute sorte
de travaux pour eux. Hennig et Seibold
ne purent s'empêcher de s'en excuser;
mais ils serrèrent dans leurs bras cette
bonne fille, et l'assurèrent par des
larmes et des baisers de leur tendre
reconnaissance. Ils firent alors demander au vieillard ce qu'ils pourraient
faire pour eux. Il répondit : qu'ils se
souviennent quelquefois de nous ! —
Nos militaires ne surent plus comment
récompenser les services généreux de
leur hôte et de sa fille. Le Juif, qui

connaissait mieux les besoins de ces enfans de la nature, les aida à sortir d'embarras. — Quelques louis d'or, dit-il, suffiraient pour les rendre riches et heureux. — On lui donna de l'argent, et il acheta dans le village une vache pleine, une scie, quelques haches et encore quelques autres ustensiles né-cessaires.

Le Juif faisait lui-même un petit trafic d'habits, qu'il vendait aux gens du village. Hennig acheta presque toute sa boutique, et en fit cadeau à son bienfaiteur. Puis il convertit chez le Juif une lettre-de-change en ducats, auxquels il perça des trous, les enfila dans un cordon de son uniforme et les pendit au cou de la jeune fille, en lui prodiguant mille caresses. Elle bondit et poussa des cris de joie. Le Juif dit aux deux Allemands, qu'elle allait être parfaitement heureuse, pouvant alors épouser un jeune homme du village, qu'elle aimait.

Cette scène attira une foule de per-sonnes, et même l'amant de la jeune

fille. Elle courut à lui , lui fit voir le
chapelet de ducats, la vache , la scie ,
les haches , les habits ; et le mariage
fut aussitôt arrêté. La fille passait al-
ternativement des bras de son amant
dans ceux de Seibold et de Hennig. Ils
ne purent se séparer que fort tard de
ces bonnes gens , simples comme la nature , et prirent le chemin de Halicz,
de compagnie avec le Juif , qui leur
confirma la nouvelle de la conclusion
de la paix. Ce Juif, qui depuis plus
de trente ans commerçait dans ces contrées et connaissait les chemins , les fit
remonter jusqu'à la source de la Wis-
tule , et les mena à Cracovie. Par-tout
ils trouvèrent la même hospitalité dont
ils avaient joui dans la cabane du vieillard.

Arrivé à Cracovie , Hennig écrivit
pour son congé au chef du régiment
russe -dont il faisait partie , et acheta
des habits bourgeois pour lui et pour
Seibold. Puis ils se rendirent à Neisse ,
et de-là à Dresde. A la dernière station
avant cette ville , pendant qu'ils atten-

daient des chevaux, arriva une chaise
de poste, de laquelle deux voyageurs
sortirent. L'un (c'était Sélenberg),
salua froidement les deux étrangers,
et entra dans la chambre sans les reconnaître. L'autre, qui était Charles,
parla jusqu'à la porte avec le postillon.
Sélenberg se tournant, dit : Halden !
nous sommes restés assez long-tems à
Dresde ; maintenant il nous faut aller
droit à Vienne. Tu verras, comme nous
nous y amuserons. La paix pourrait
bien mettre Seibold à nos trousses.

Oh ! que non ! répondit Charles en
souriant ironiquement. — Si fait ! s'é-
cria Hennig en se levant : si fait ! car
le voici ! — Charles reconnut Seibold
et son frère, et pâlit d'effroi. Sélenberg fut saisi pareillement, mais il se
remit bientôt. — Vous voilà, M. de
Halden ; je vous fais compliment sur
votre retour en Allemagne. — Compliment ! répéta Charles à voix basse. —
Je t'en prie, de la prudence ! dit à
l'oreille Seibold à son ami, et Hennig
s'assit pour achever son repas. — Une

4

demande ! s'écria Hennig qui n'avait
reçu aucune lettre de Sollingen : mon
oncle vit-il encore?— Oui. — Et Emilie?
(Seibold rougit)— Elle est à Sollingen ,
répondit Charles d'un ton maussade.
— Et la comtesse d'Espenbruch ! demanda Hennig en tremblant. — Il y a
long-tems que j'ai quitté la maison. —
Malgré ce que tu vas penser , reprit
Hennig en s'avançant vers son frère ,
reponds-moi franchement : est-elle....
mariée ? — Charles répondit d'un air
sournois : d'honneur ! je ne puis te
le dire positivement. Tout ce que je sais,
c'est que quelque tems avant mon départ , son mariage fut arrêté.

Hennig pâlit, et lança sur son frère
un regard sombre; puis se retournant
vers Seibold, il se jeta à son cou. Charles
sourit ; mais l'enfer était dans son cœur,
et bientôt il baissa vers la terre ses regards humiliés. Seibold le regardant en
face, lui dit : ainsi, son mariage n'était
qu'arrêté, mais non encore consommé?
— Si c'est un mensonge, Charles, s'é-
cria Hennig , tu abreuves mon ame de

fiel; si tu me trompes, que le ciel te soit miséricordieux !

— Lorsque tu seras arrivé, tu apprendras que c'est la vérité. Le jour des nôces était fixé lorsque je partis.

—Oh! s'écria Hennig avec douleur : que ne suis-je encore dans notre cabane sur le bord du Niester! là nous ne manquions de rien de ce dont la la nature a besoin, et ces bonnes gens avaient des cœurs, des cœurs!—Charles sortit pendant cette exclamation : et pressa le maître de poste de lui procurer des chevaux. L'idée du bonheur dont allait jouir son frère, faisait naître en lui le dépit le plus amer. Il sentait (et c'était la punition de son abominable conduite), il sentait que toute sa haine, toute sa méchanceté, n'avait fait qu'augmenter la masse du bonheur de son frère. Son imagination lui représentait le moment où Seibold et Hennig tomberaient dans les bras d'Emilie et de Louise, et où ils seraient tous heureux par l'amour. Déjà il songeait aux moyens de troubler encore

5

ce bonheur, mais il perdit l'espoir de pouvoir y parvenir. Il monta en voiture en maudissant intérieurement Sélenberg et lui-même, et pour la première fois ne put reprendre son assiette accoutumée.

Les deux autres voyageurs se remirent en route de leur côté. Hennig repoussa comme des songes vains, toutes les espérances que Seibold voulait lui donner. Dans cette situation il s'approcha de plus en plus des lieux qu'il ne revoyait plus avec plaisir.

A Sollingen, on ne se sentait alors pas moins malheureux. Le résident russe avait reçu du Général, auquel il avait recommandé Hennig, une lettre par laquelle il lui annonçait que le jeune Halden était vraisemblablement resté sur le champ de bataille. — A la vérité, écrivait le Général, on n'a point trouvé son cadavre; mais on ne fait point de prisonniers chez les cruels Turcs. — Le résident en faisant part au Chambellan de cette affligeante nouvelle, ajouta, pour ne pas anéantir tout espoir, que probablement son fils était fait prisonnier.

Le Chambellan branla la tête, après avoir lu cette lettre, puis la remit à sa femme, et rentra dans son cabinet, pour répandre quelques larmes secrètes sur son bon fils. — Tu n'es donc plus, mon pauvre Hennig! dit-il d'un ton plaintif. Jamais je ne t'ai haï, mon fils! ta mère seule ne t'aimait point, et cependant tu étais meilleur que ton frère. Ah! ta mère ne m'empêchera pourtant point dans le Ciel de te nommer mon fils, de te presser sur mon cœur, et de te dire que je suis ton père. O bon Hennig! j'ai eu aussi peu d'heureux jours que toi, peut-être moins; car au moins ton oncle, mon digne frère, t'aimait; mais qui m'a aimé, moi?.... Que ne suis-je ainsi que toi dans la tombe! je leur suis aussi à charge, que tu leur étais toi-même, mon pauvre Hennig! — Telles étaient les plaintes qu'un père exhalait dans le silence sur le sort de son malheureux fils; mais il comprima ses larmes, et courut à sa volière,

6

dès qu'il entendit les pas de sa femme dans le corridor.

Une singulière réunion de sensations se confondait dans l'ame de madame de Halden. Ce n'était ni la pitié , ni encore moins la douleur , mais plutôt une espèce d'effroi , l'intime conviction d'être en partie la cause de la mort de Hennig. Voilà ce qui lui arrachait des larmes. Mais quel moyen l'homme n'a-t-il pas de se dérober à sa conscience ! Cette femme sentait l'aiguillon du remords, mais elle s'en délivrait en s'écriant : Il est vrai qu'il ne mérite pas une larme ; mais c'était pourtant mon enfant. — Elle nommait chagrin , sa frayeur secrette ; pitié , le sentiment de sa faute ; et de plus, elle se complaisait dans cette barbare idée : oh! pourvu qu'il ne soit pas prisonnier, autrement il pourrait bien revenir un jour ! —

Lorsque le Chambellan entendit cette exclamation dolente : le pauvre Hennig ! — il tourna la tête, et jeta les yeux sur sa femme , pour voir si ces plaintes n'étaient pas feintes.—Oh ! dit-elle, éle-

vant la voix : tu es froid et insensible
à tout ! je crois que, si Charles mou-
rait, un soupir ne s'échapperait pas
de ton sein ?

—Ah ! ma chère femme, répondit-il,
et ses larmes long-tems retenues, coulèrent en abondance ; m'est-il donc permis de pleurer mon cher, mon bon,
mon innocent Hennig ? Dieu veuille,
que ce qu'écrit le résident soit vrai :
que peut-être il n'est que prisonnier :
s'il revenait, oui, n'est-ce pas ? nous
le recevrions avec joie, et les torts que
nous avons eu à son égard....

—Des torts ! tu radotes, je pense,
ne l'a-t-il pas voulu ainsi ? qu'allait-il
faire contre les Turcs? il est mort, tu
le verras ; et si jamais il revient....
à présent nous pouvons le pleurer ;
mais s'il revient..... non, c'est trop
certain, il ne reviendra pas. —

Le Chambellan se détourna, joignit
les mains et se tut. — Je m'étonne, reprit la femme d'un air triomphant,
de ce que va dire la folle comtesse à
cette nouvelle ! je parie qu'elle pensera

à Charles. N'en seraient-ils pas encore instruits à Sollingen? écoute, mon cher époux, puisque le Major voulait donner à Hennig une part d'enfant.... ne pouvons-nous pas la réclamer comme héritiers de Hennig? Oui, si Charles était mort, le Major n'en ferait que rire.

— Il ne le ferait point, je t'en assure; je connais mon frère. Il est affligé maintenant, et je le suis aussi. Ah! ma chère femme, il était notre fils et non celui du Major. —

Elle jeta un regard sombre sur son mari. — Que ton frère pleure ou rie, peu m'importe! mais tu ne dois pas te ranger de son côté; il n'a pas mérité cela de nous.

Madame de Halden desirait de trouver une occasion pour faire parvenir aussitôt que possible à Ransleben et à Sollingen la nouvelle de la mort de Hennig; et à sa grande satisfaction, elle apprit qu'un paysan de Ransleben se trouvait à Sollingen, et qu'il prétendait y retourner le même soir. Elle envoya

aussitôt un domestique pour aller conter à ce paysan, comme sans dessein,
les détails de cette nouvelle.

La vieille cousine entra le matin
de bonne heure dans la chambre de
Louise. — Hem ! hem ! débuta-t-elle,
sans pouvoir proférer une parole. Enfin elle regarda fixement Louise d'un
air significatif. — Qu'y a-t-il donc? demanda Louise en se levant avec inquiétude ; car depuis la nouvelle de
la conclusion de la paix, une partie de
ses craintes concernant son cher Hennig s'étaient dissipées. — Qu'y a - t - il
donc ? ma chère cousine !

— J'ai quelque chose à vous conter,
dit enfin la vieille avec effort : mais
promettez-moi d'avance d'être maîtresse
de vous même ! — Tout-à-coup le visage
de Louise se couvrit d'une pâleur mortelle ; elle chancela et poussa des cris
effrayans. La cousine criait de son côté:
mon Dieu ! mon enfant, revenez à
vous!—Oh, qu'y a-t-il ? qu'y a-t-il ? demanda instamment Louise, et elle se
pendit en tremblant au bras de la vieille,

—Si vous ne voulez vous calmer, répondit la cousine encore plus effrayée, je ne vous dirai rien.—Eh bien ! me voilà tranquille ! reprit Louise, et elle se précipita sur un fauteuil, les mains jointes.... Eh bien ?

—Il court un bruit ; mais ce n'est qu'un bruit, peut-être est-il faux, car on dit tant de choses....

—Oh ! par pitié ! qu'y a-t-il ? parlez !... est-il mort ?.... Ah ! Halden est mort !

La cousine n'avait pas présumé que cette nouvelle ferait sur Louise une telle impression. Elle était là, debout, pâle, et se repentait d'avoir parlé. Louise porta la main à son front, et après une exclamation douloureuse, s'évanouit. La cousine sonna brusquement. Les femmes-de-chambre arrivèrent et crièrent si haut, que le comte accourut aussi. La cousine se tordant les mains, s'écriait : Halden est mort et voici la comtesse qui expire aussi ! — Elle raconta au comte que les parens de Halden avaient reçu du résident russe une lettre qui leur apprenait

la mort de Hennig. Louise était alors
revenue à elle. Elle entendit ces fatales
paroles. — Ainsi il est mort! dit - elle
d'une voix lamentable. — De qui te-
nez-vous cela? cousine, demanda le
comte. — La cousine indiqua la source.
— Ce n'est pas vrai, dit le comte avec
assurance, et Louise se jetant à son
cou, lui demanda avec vivacité : vous
êtes sûr que non ? — Très-sûr, répartit le comte, sinon, nous aurions déjà
depuis long - tems des nouvelles du
Major. —

A peine le mot *Major* était sorti de
ses lèvres, que Louise s'élança vers la
porte, franchit les escaliers et cria :
la voiture! au nom de Dieu! la voiture! — Le cocher se hâta et tous ceux
qui étaient présens l'aidèrent. A peine
les chevaux furent-ils attelés, que
Louise s'élança, sans songer qu'elle
était en deshabillé, et cria : vîte! à
Sollingen! vîte! — La voiture était déjà
loin, avant que le comte ait eû le tems
de faire ses objections. — Comment!
dit-il avec humeur : en deshabillé! je

voudrais, cousine, que vous fussiez
avec votre nouvelle je ne sais où. On
se moquera de moi partout à la ronde;
en déshabillé ! —

Louise criait souvent par la por-
tière : fouette cocher ! fouette! je t'en
conjure. — Elle descendit de la voiture
en poussant les hauts cris , joignit
les mains et se hâta d'arriver au haut
de l'escalier. Tous les gens de la maison
accoururent à sa rencontre dans la
salle. Elle se précipita dans les bras
du Major , presque sans connaissance
et sans pouvoir parler , s'appuya sur
ses épaules et s'attacha fortement à
lui. — Chère enfant ! dit le Major épou-
vanté : remettez - vous ! grand Dieu !
qu'y a-t-il donc ? — Mon Halden est
mort ! s'écria enfin Louise, et elle retomba sur le sein du Major. Il ne pouvait plus la soutenir, tant il était attéré , et il se jeta dans les bras de sa
femme. — Quoi ! mort ! il serait mort !
répéta-t-il lentement, et son visage s'af-
faissa sur sa poitrine. — Hennig n'est
plus ! s'écria-t-il encore , et il se jeta

dans un fauteuil, ouvrant un œil fixe
où se peignait la profonde douleur.
Dorothée fit asseoir Louise sur le sopha; Emilie tâcha de calmer le Major,
quoiqu'elle eut besoin elle-même de
consolations. Il la repoussa loin de lui,
ainsi que sa femme et sa fille, et soupirant enfin après une longue pause :
— Je ne suis qu'un ver de terre, dit-il,
je ne puis pas dire à Dieu : tu me l'avais
donné, tu me l'as repris ! non, Dieu
a réservé ma vieillesse pour la honte
et l'ignominie. Je reverrai bientôt ce
digne jeune homme; c'est là ma seule
consolation. — Sa voix était brisée de
douleur, et en parlant ainsi, il ne levait
pas les yeux.

Quelques minutes après, Dorothée
appela la femme du Major auprès du
sopha. Louise ne voulait pas croire que
l'on ne sût encore rien à Sollingen de
la mort de Hennig, et l'on en vint
à des éclaircissemens. La vieille cousine avait appris cette nouvelle de sa
femme-de-chambre, qui la tenait d'un
paysan qui était allé à Moorberg. On

commença à douter et à renaître à l'espoir. Le Major fit seller et courut à Moorberg, sans dire en chemin un mot à son vieux Hennig. Il monta en haut à pas lents et demanda d'un air consterné à sa belle-sœur : avez-vous des nouvelles de Hennig? — Elle lui présenta la lettre du résident, affectant une fausse tristesse. Le Major, après l'avoir parcourue, la lui rendit froidement, ouvrit la porte et cria à son vieux hussard : Hennig! ce n'est malheureusement que trop vrai! il n'est plus! — Le vieillard, qui jusqu'alors était resté debout, tremblant comme un criminel, sanglotta alors sans retenue, et les larmes coulèrent sur les joues du Major. — Il était meilleur que Charles, dit tout-à-coup le Chambellan, hors d'état de résister à la douleur du Major, et les deux frères s'embrassèrent étroitement. — Charles! ce monstre! dit le Major à demi-voix : c'est lui qui a envoyé ton bon fils à la mort. — La mère fit tapage et le Major s'emporta. Il raconta alors l'intrigue de Charles avec

Julie. — Madame, dit-il en s'avançant
vers sa belle-sœur, je ne veux pas être
son vengeur. Si Dieu vous tient quitte,
vous et votre fripon de fils, si vous
mourez impunis.... Dieu me le pardonne! c'est là qu'il faudra voir si l'on
a été honnête ou fripon. Vous avez
envoyé votre bon fils à la mort, vous!
et non mon pauvre frère; je le vois
bien à ses larmes. Pour les vôtres,
Madame, je les regarde comme rien;
ce sont des larmes de Judas, des larmes
de crocodile. Tout le tort de mon frère
est d'être un homme faible, qui s'est
laissé maîtriser par son fils. Mais,
croyez-moi, il vous maîtrisera vous
même à votre tour, et alors les monstres
se martyriseront mutuellement, car
sans cela, il n'y aurait point de Dieu.

Il se hâta de prendre la porte, quoique
sa belle-sœur l'invitât à diner. Il serra
la main à son Hennig et lui dit : cesse
de te lamenter ainsi, mon vieux; nous
n'avons plus qu'un pas à faire jusqu'à
la tombe, et là nous le reverrons.

Louise désolée ne bougeait pas de

place, et attendait avec une vive inquiétude le retour du Major. Elle n'entendait pas ce qu'on lui disait et remuait ses lèvres pâles, comme si elle
parlait à quelqu'un. Seulement, quand
un bruit se faisait entendre dans la
cour, elle courait à la croisée. Enfin
le Major arriva. Il était entré dans la
maison par le jardin, se glissant tout
doucement comme un criminel. Dès
qu'il eut ouvert la porte d'une main
tremblante, Louise se précipita vers
lui avec une fougueuse vivacité.

— Il est prisonnier, dit le Major,
car son corps n'a pas été trouvé sur
le champ de bataille, et un cadavre
ne peut pourtant pas disparaître ainsi.
— Il rendit compte de ce qu'il avait
lu dans la lettre, et voulut donner de
l'espoir à Louise; mais sa propre douleur le trahit. — Ah! mon père! s'é-
cria Louise; si vous le savez, dites-moi
tout, je vous en prie; je ne pourrais
supporter la douleur de voir mes espérances une seconde fois anéanties.
Je cède à mon destin; mon parti en

est pris. Dites-moi , est-il mort? Dites-
le moi sans feinte ! —

Le Major se tut encore ; mais Louise
s'étant jetée à ses pieds , il dit au milieu
des larmes et des sanglots : oui, mon
cher enfant , je crois qu'il est mort.
Console-toi , et pense que nous devons
aussi mourir. — Louise se releva, et
marcha à grands pas , comme une
égarée ; puis elle s'arrêta tout-à-coup ,
et fixa devant elle d'un œil sec. Son
père , ainsi que la vieille cousine, arrivèrent , et elle n'entendit pas ce qu'ils
lui disaient. Le comte insistait pour
qu'elle revînt avec lui ; mais elle tomba
en défaillance , et il fallut renoncer à
l'idée de la ramener à Ransleben. On
eut de la peine à la faire mettre au
lit , et le comte lui-même se détermina
à rester au moins jusqu'au lendemain
à Sollingen.

La femme du Major avait déjà envoyé chercher un médecin, qui enfin
arriva. Après s'être informé de toutes
les circonstances : il est possible , dit-
il, que M. de Halden soit encore en

vie; cependant, il ne faut pas pour le
moment renouveler l'espoir de la comtesse, car ces vicissitudes d'affections
pourraient lui être pernicieuses. Où
est-elle donc ? — La femme du Major
le mena près d'elle. C'était dans la
chambre que Hennig avait jadis ha-
bitée. Le médecin lui fit quelques questions, et Louise ne répondit point. Il
voulut lui tâter le pouls, mais elle retira son bras en disant : laissez - moi
mourir tranquille ! — Cette résolution
prononcée commença à l'inquiéter, et
il vit bien qu'il fallait nécessairement
d'abord ranimer son imagination. Il fit
donc signe à la femme du Major de
sortir de la chambre, et tâcha insensiblement de réfuter la certitude de la
mort de Hennig.

A peine la femme du Major avait-
elle rejoint son mari, qu'il s'éleva un
bruit dans la cour, et une confusion
de plusieurs voix. Personne n'y fit attention dans la chambre, car tout le
monde était occupé du Major, qui,
languissamment couché sur une chaise,
exhalait

exhalait les plaintes les plus touchantes sur la perte de son bien-aimé.

Le bruit s'approchait. La porte s'ouvre tout-à-coup, et Hennig de Halden, Seibold, le vieux Hennig et la fille du Major se précipitent dans la chambre. Annette crie : voici Hennig ! et les arrivans, dans l'ivresse de leur joie, tombent aux genoux du Major. L'on peut s'imaginer l'effet qu'un passage aussi rapide de la douleur au plus doux ravissement, dut produire sur l'ame du Major. Hennig lui tendit ses bras. Tous se pressèrent, en poussant des cris de joie, autour du jeune homme, qu'ils avaient cru mort. On n'avait point du tout remarqué Seibold, parce que l'exclamation d'Annette avait fixé sur Hennig tous les regards et tous les esprits.

Le Major, ne parlant que des yeux, était comme pétrifié sur son fauteuil, et ne pouvait reprendre ses sens. Il contemplait son bien-aimé, et changeait de plus en plus de couleur. Enfin il eut la force de poser la main sur le

4. K

front de Hennig, et ses lèvres s'entrou-
vrirent avec un sourire. — Seibold !
Dieu ! Seibold ! s'écria alors Emilie,
et elle tomba dans les bras de son
amant. Le Major tourna les yeux vers
lui ; un profond soupir vint soulager
son cœur ; il se leva, et tendit la main
à Seibold. — Pourquoi pas à moi ? mon
père, demanda Hennig surpris. — Il ne
savait pas encore qu'on l'avait cru mort.
Le Major le regarda en souriant, dit
d'une voix faible : malheureux fils ! et
appuya sur son sein le visage de Hennig.
Dans cette posture, il éleva les mains
vers le Ciel, et dit humblement : ô
Dieu ! pardonne-moi là-haut ! je l'ai
recouvré ! je l'ai recouvré ! —

Dans l'ivresse de la joie, personne
n'avait pensé à Louise, excepté Hennig, dont elle avait occupé toutes les
pensées. Voyant le comte, il promena
par-tout ses regards, et demanda : où
est la comtesse Louise ? — Dans leur
embarras, tous se turent. Ils sentaient
bien qu'on ne pouvait que petit à petit,
et avec ménagement, instruire la com-

tesse de son bonheur; et si Hennig venait à savoir qu'elle fût ici malade, il se hâterait sûrement d'aller près d'elle. — Mais, mon cher oncle, demanda Hennig un peu troublé : je vous en prie, où est la comtesse ? — Hem ! répartit le Major, la comtesse !... tiens, mon cher Hennig, il s'est passé une bien sotte aventure. Nous croyions tous que tu étais mort, et puis... mais mon cher fils, tu pâlis !

— Oh ! s'écria Hennig, mon cœur le pressentait ! — Et il se jeta dans les bras de Seibold. — Ainsi, elle m'a cru mort ? demanda - t - il avec une ironie amère. Bravo ! bravo ! et lorsqu'elle en eut la nouvelle, vîte, elle se mit au lit ! c'est charmant !

Chacun s'entreregarda avec surprise. — Tu as raison, s'écria tout-à-coup la fille du Major, elle s'est mise au lit, et elle est maintenant dans ta chambre, Hennig. —

En un éclair il fut hors de la chambre, et chacun le suivit. Tout en ouvrant la porte, il vit Louise pendue

au cou d'un jeune homme. Le médecin,
pour la rappeler au sentiment et à l'u-
sage de la parole, avait de plus en plus
animé ses espérances, et avait fini par
assurer presque positivement que Hennig vivait encore. Cela fit effet. Elle
en crut le médecin, se jeta à son cou
en pleurant, et c'est dans ce moment
que Hennig s'était précipité dans la
chambre.

— O Dieu! c'est lui! s'écria Louise.
— Cédant à l'impression de la joie,
elle retomba en arrière sur son lit, et
cacha son visage dans la couverture.

Hennig s'avança plus près. — Ne cachez pas votre visage, Madame, lui
dit-il. Je ne suis venu que pour faire
des vœux pour votre bonheur, et non
pour le troubler. — S'adressant aux
deux personnes qui étaient près de lui:
cette dame veut être seule, dit-il; re-
tirons-nous!

— Mais Hennig! dit le Major: que,
Diable! fais-tu là? je t'en prie, mon
cher Hennig. Qu'est-ce que cela veut
dire?

— Oh ! ce n'est rien , ce n'est rien !
cette dame... j'ai fait quelquefois de
beaux rêves à son sujet. Dieu soit loué !
Le tems n'est plus ! Partons , je n'ai
plus rien à chercher, à demander ici.—

Le médecin , voyant entrer Hennig
et le reconnaissant à l'exclamation de
Louise , avait craint une révolution
dans sa malade. Maintenant il remarquait avec satisfaction que le jeune
homme , par sa manière d'agir , mo-
dérait ses transports de joie , qui auraient pu être funestes à la comtesse.
Il prit la main de Hennig , et lui dit
tout bas : admirable ! continuez quelque tems sur le même ton ; vous ne
pouviez pas mieux jouer votre rôle.

— Monsieur , reprit Hennig , vous
êtes un impertinent , que je corrigerai ,
si vous voulez encore vous moquer.

— Mais, mon cher étourdi , une
guêpe t'a - t - elle piqué à la tête ? Je
t'assure qu'il prend part à notre joie.—

Louise alors se relevant tendit la
main à Hennig , et dit en le regardant
tendrement : Halden ! cher Halden !

3

— Tout de bon ! s'écria Hennig :
vous me connoissez encore ? Oui, Madame, je m'appelle ainsi.

— Mais, murmura le Major, faut-
il gâter un si beau moment ! Seibold,
dites-nous donc ce qu'a ce garçon ! Il
tourmente cette bonne et fidelle Louise,
que cet ingrat a presque mis aux portes
de la mort. Attends, elle saura te rendre la pareille !

— La comtesse n'est - elle donc pas
mariée ? demanda Hennig, en même
tems que Seibold, et s'avançant avec
timidité vers le lit.

— Mariée ? s'écrient-ils tous à la fois :
êtes - vous fous ? ajouta le Major. Qui
vous a mis cela en tête ?

— C'est mon frère, cet être abominable ! s'écria Hennig, et il tomba en
rougissant aux pieds de Louise. Elle
l'enlaça de ses deux bras et l'attira sur
ses lèvres. La joie fut parfaite. Le vieux
hussard entonna son *vivat*, qui fut ré-
pété par tous les assistans, faiblement
même par le comte. Chacun s'embrassait en poussant des cris de joie. Le

rang était oublié. Des êtres heureux
célébraient leur bonheur. Par-tout où
l'œil se tournait, il ne rencontrait que
des groupes attendrissans. Hennig était
à genoux devant le lit de sa Louise ;
près de lui, le vieux hussard se per-
chant sur son épaule, versait des larmes de joie ; Seibold reposait sur le
sein d'Emilie ; le Major, courant de
l'un à l'autre, les embrassait tous successivement. — Ecoute ! dit le Major
après avoir repris ses sens, à un postillon qui se tenait à la porte avec les
autres domestiques : monte à cheval,
mon garçon ; cours à Moorberg, et dis
à mon frère que je le salue, que son
fils est de retour ici bien portant. Pour
ta peine tu verras Hennig demain pendant une heure entière. —

Enfin le calme se rétablit, et l'on
n'avait pas encore songé à se mettre à
table, quoiqu'il fût déjà plus de quatre
heures. Le Major entraîna avec une
douce violence Hennig dans sa chambre, et tous le suivirent. Sitôt que
Louise fut seule, elle sauta hors du

4

lit, pleine de santé, et en une demi-
minute rejoignit la compagnie.

Hennig regardait autour de lui et
ne reconnoissait point Dorothée. —
Quoi! dit Seibold, c'est vous, chère
Dorothée! — Elle est maintenant ma-
dame de Sélenberg, ajouta vivement
le Major. Mais racontez-nous donc?...
— Vous êtes ici? demanda Hennig à
Julie, qui se tenait dans l'éloignement.
— Oui, oui, elle est aussi ici; c'est
maintenant la Magdeleine de la Bible.
Mais raconte-nous donc, mon cher
garçon!...

Sur ces entrefaites Louise entra. Hennig tantôt la regardait, tantôt regardait
Julie. —Elle nous a rendus malheureux,
dit Louise en souriant, mais aussi elle
nous a sauvés. — On raconta à Hennig
l'aventure en peu de mots, et il s'écria:
ô les monstres (Julie pâlit), que
Charles et Sélenberg! ajouta-t-il. —
Eh! laisse-les, et dis-nous comment
tu as rencontré Seibold. — Hennig fut
obligé de satisfaire à l'impatience de
son oncle. Lorsqu'il conta comment

Seibold lui avait sauvé la vie, le Major se leva, porta vers le ciel un regard religieux, et serra Seibold sur son cœur. Emilie vint à lui, et dit : Seibold, que de raisons n'ai-je pas maintenant, qui me font un devoir de vous aimer !

— Oui, oui, s'écria le Major, cela est vrai, et tu fais bien de l'avouer, Emilie. — Il lui dit quelque chose à l'oreille, et elle sortit de la chambre en rougissant. Hennig poursuivit son recit. Lorsqu'il eut fini, le Major dit avec une pieuse joie : mon vieux, nous avons murmuré aujourd'hui pour la dernière fois contre la providence. Nous ne le ferons plus tant que nous vivrons. Je te le dis, le ciel et la terre s'écrouleraient à la fois, que je resterais debout, sans me courber, à moins qu'il n'y eût près de moi un innocent, que je pusse garantir. Quant au duel, c'était une sottise, une démarche irréfléchie ; je le vois maintenant. Car quel mal nous ont-ils fait? seulement, ils ont voulu nous en faire. Ils ont vendu celui-ci aux Hongrois, et ont chassé

celui-là en Pologne. Ils ont cru avoir
operé merveille ; mais Dieu a réuni nos
deux militaires, et l'un sauve la vie à
l'autre. Ils ont envoyé Emilie au loin ;
mais cela a fourni à mademoiselle Julie
l'occasion de retirer notre bonne Louise
des griffes de Charles. Oui , je voudrais que Charles et Sélenberg en-
trassent ici. Je leur dirais : soyez les
bien venus ! vous vous êtes imaginé
me faire beaucoup de mal, mais vous
m'avez fait beaucoup de bien.

Au même instant, arriva le prêtre
qu'Emilie avait fait appeler, conformément aux desirs de son oncle. Le
Major dit : cher Seibold , vous avez
sauvé la vie à mon Hennig , et Charles
vous a vendu à des recruteurs. Pour
l'un , je vous dois des remercîmens ;
pour l'autre , une satisfaction. Vous
allez avoir l'un et l'autre. Approchez,
M. le ministre ! avancez près d'Emilie,
Seibold !.... et désormais sois mon fils,
comme je suis ton père ! — Seibold interdit regardait tantôt Emilie , tantôt
le Major. — Unissez-les ! M. le ministre,

dit le Major. — Emilie prit la main tremblante de Seibold, et avant qu'il eut pû reprendre ses sens, il était marié.

Cette circonstance inattendue mit tout le monde en belle humeur. Le vieux comte lui-même oubliait pour la première fois ses formalités et était enchanté. — En vérité! dit-il au Major, vous êtes un digne homme et un vrai hussard; avec vous les affaires vont au galop. — Et elle n'en vont pas moins bien, reprit le Major en lui serrant amicalement la main. — Louise! dit le comte en badinant : cela ne te donne-t-il pas envie aussi? — A peine avait-il dit ces mots, que le Major prit la comtesse par la main et la mena devant le prêtre, ainsi que Hennig. — Encore un couple, mariez-les, au nom de Dieu! — Le comte changea de couleur, car il n'était point d'avis qu'on le prît ainsi au sérieux. Il courut derrière le Major, le tira par l'habit en lui disant : je vous en prie; cela ne va pas ainsi! j'ai auparavant quelque chose à vous observer, mon cher ami!

6

— Tout à l'heure , tout à l'heure ! répartit le Major , sans se retourner : cela
ne durera que cinq minutes. Pst ! —
Il joignit les mains et le ministre commença. Le comte était dans les transes,
et ne savait pourtant pas s'il était dé-
cent d'interrompre le ministre. — Mais,
dit-il tout bas au Major, tout-à-l'heure
il ne sera plus tems de vous parler.
— Eh ! dit le Major : pourquoi ne se-
rait-il plus tems ? Pst ! pst ! — Le comte
voyait sa fille en déshabillé et était sur
les charbons. Pendant qu'il réfléchissait encore s'il convenait bien d'interrompre le ministre , la cérémonie était
achevée.

— Eh bien ! demanda alors le Major
au comte : que vouliez-vous donc dire?
M. mon frère. — O mon Dieu ! qu'on
ne devait pas la marier si vîte. Je vous
disais bien qu'il serait trop tard.

— Oui , ma foi ! vous avez raison ;
vous auriez dû parler plutôt. — En
déshabillé ! murmurait le comte assez
mécontent ; mais l'extase de Louise,
la vive reconnaissance de Hennig et la

cordialité du Major l'eurent bientôt remis en bonne humeur.

— Que vont dire les parens d'Emilie? commença Seibold. — Folie ! reprit le Major. Tu aurais pû leur demander Emilie toute la vie, mon cher fils ; jamais pourtant elle n'aurait été ta femme. — Mariée en déshabillé ! disait le comte. — Folie ! sa plus belle parure, .c'était son cœur, son amour, c'est cette robe nuptiale dont parle la bible et qui signifie le cœur. Ainsi, mon cher frère, nous avons pour nous la bible, la raison et la nécessité. Mais diantre ! personne n'a encore songé à manger aujourd'hui ! ce n'est pas une bagatelle. J'espère que nous aurons appétit. Annette, ma fille ! va dire un peu que l'on serve ! — La femme du Major avait déjà, dès l'arrivée des étrangers, ordonné quelques plats de plus, parce qu'elle connaissait le vieux comte et qu'elle n'ignorait pas qu'en cela il tenait aussi aux formalités.

Au dessert, un domestique vint dire à l'oreille quelque chose au Major, qui

tout-à-coup changea en sérieux sa mine
déployée. Le Chambellan était en bas.
Sa femme était allée l'après midi à un
grand bal dans le voisinage, et ne devait revenir que le lendemain matin.
Il était lui-même dans son cabinet,
livré à la douleur, lorsque le postillon
du Major lui apporta la nouvelle que
son fils venait d'arriver à Sollingen.
Ce passage rapide de la douleur à la
joie, et le sentiment honteux des torts
que l'on avait eus envers Hennig, l'em-
menèrent à la prompte résolution de
profiter de l'absence de sa femme pour
aller voir son fils. Il appela le vieux
domestique qui avait été élevé avec lui,
le seul de toute la maison qui prît soin
de lui, et lui fit part de ses desirs. Il
fit atteler les chevaux à une petite chaise
antique, donna à un garçon du village
qui lui servit de cocher, un pour-
boire, afin qu'il se tût, et partit ainsi
pour Sollingen, toujours agité par la
crainte.

Il fit appeler le Major, sans oser
mettre pied à terre. Le Major ayant

rejeté en arrière le cuir qui dérobait le Chambellan et apperçu son frère, voulut faire son exclamation accoutumée. Mais le Chambellan lui dit : au nom de Dieu ! silence ! mon cher Frédéric ! je suis arrivé incognito ici, et je veux seulement, dit-il les larmes aux yeux, voir une fois mon cher Hennig. — Le Major jeta alors un coup-d'œil sur la chaise, les pitoyables chevaux et le vieux domestique. — Grand Dieu ! murmura-t-il en lui-même : quand il mangerait le pain de miséricorde, il ne pourrait avoir un plus mauvais attelage. — Puis il dit avec pitié : Mon cher Christophe, si personne ne t'aime... nous, tes deux enfans, Emilie, Hennig et moi, nous t'aimons pourtant. Viens en haut avec moi ! — Le Chambellan ne l'osa point, malgré toutes les instances du Major. Seulement, il entra dans une chambre au rez-de-chaussée, pour y attendre l'arrivée de ses enfans.

Le Major entra d'un air triste dans la salle à manger, et fit signe aux deux couples, qui se levèrent. Il marcha de-

vant eux en branlant la tête et en murmurant : c'est trop outré ! voyager dans
une pareille carcasse !.... Entrez ici,
mes enfans !.... Tiens, frère Christophe,
les voici ! —

Dès qu'ils apperçurent le Chambellan, ils coururent tous à lui et tom-
bèrent, Hennig le premier, à ses genoux. — Te voilà père une fois en ta
vie, mon frère ! dit le Major. Ce sont
tes enfans ! c'est aujourd'hui leurs nôces;
donne - leur ta bénédiction ! — Seibold
aussi ? demanda timidement le Chambellan. — Il a sauvé la vie à ton fils
et il rendra Emilie heureuse.

Tous pendant ce tems s'étaient em-
parés des mains du Chambellan, qu'ils
baisaient avec vénération. Il se détourna d'abord à droite et à gauche
d'un air inquiet ; puis il posa ses mains
sur le front de Hennig et d'Emilie, et
dit : soyez heureux ! plus heureux que
votre père !

Le Chambellan goûtait dans les bras
de ses enfans le bonheur que sa femme
lui avait depuis si long-tems ravi ; mais

ce ne fut qu'un court moment, il fallait songer à s'en retourner. Le Major voulut l'engager à rompre les chaînes qui l'asservissaient, et réussit même à donner un certain essor à son ame ; mais la crainte que le chambellan avait de sa femme, était trop profondément enracinée ; et plus il se rapprocha de Moorberg, plus il se retrouva dans sa situation accoutumée.

Le lendemain matin les jeunes mariés parurent et reçurent les complimens d'usage. Le comte se promenait de long en large d'un air méditatif, et pensait à ce qu'ils allaient devenir. Il attira le Major dans un coin, et lui communiqua ses réflexions. — Bah ! dit le Major, ils resteront près de moi à Sollingen, et y vivront heureux. — Le comte branla la tête. On en parla aux jeunes gens. Louise et Emilie furent de l'avis du Major ; mais Hennig et Seibold partagèrent l'opinion du comte.

Pendant que l'on discutait encore, Hennig alla dans sa chambre, et rap-

pela au prince dans une lettre la promesse qu'il avait faite de lui conserver
sa place de maître des forêts. Il écrivit
à Ahrens à l'égard de Seibold, lui fit
la description des connaissances profondes et multipliées de son beau-frère,
et lui demanda un bon conseil, relativement à l'emploi utile qu'on pourrait
lui donner. Ahrens fut enchanté de
pouvoir témoigner sa reconnaissance
à une famille à laquelle il était très-
attaché pour les services qu'elle avait
rendus à Dorothée. Il mit cette lettre
sous les yeux du prince, et ne pria
pas en vain. Halden fut rétabli dans
sa place de maître des forêts, et l'on
proposa à Seibold de prendre à bail le
plus considérable baillage du prince,
Rhense, avec le titre de conseiller de
la chambre. Hennig avait eu en vue
une place semblable, et c'était aussi
le desir de Seibold.

Le postillon que Hennig avait envoyé porter sa lettre à la résidence,
apporta la réponse à Ransleben, où
toute la famille de Sollingen était allée

rendre visite. Le comte , à qui Hennig présenta cette réponse , ne désapprouva point la place de maître des forêts ; mais quant au baillage , il branla la tête. — Seibold est-il riche ? demanda-t-il. — Aussi riche que moi , répondit le Major. — Il aura besoin de vingt mille écus. — Bagatelle ! je lui en donnerai trente mille et argent comptant. Je dote ainsi Emilie ; et Seibold , pour avoir sauvé la vie à Hennig , ne recevra de moi pas un demi-liard , car il a tout mon cœur pour récompense. — Le comte proposa d'acheter plutôt une terre à Seibold pour cette somme. Seibold s'y refusa tout d'abord. — Il le faut, dit la cousine , et se faire ennoblir. — Le Major rejeta nettement cet avis.

Quinze jours après, les deux couples partirent pour la résidence. Il fut permis à Seibold de prendre sur-le-champ possession du domaine , la veuve du dernier propriétaire s'en dessaisissant volontiers. Lorsqu'il voulut prendre congé de Hennig , ces deux amis se tinrent quelque tems à l'écart. — Je me démettrai un jour de ma place, mon frère, et alors tu partageras avec moi tout ce que j'ai. — Seibold répondit : je connais ta sincérité, Hennig, et voilà pourquoi je puis te répondre affirmativement. — Ils se séparèrent en versant des larmes de joie et de tendre amitié.

Dès - lors le Major, sa femme, sa fille et le vieux hussard furent presque toujours en route. Tantôt on allait à la résidence, chez Hennig, tantôt à Rhense, chez Seibold ; et dans ces deux endroits le Major disait : le bon Dieu me donne d'avance le Paradis sur la terre. — Depuis les nôces, il n'aurait plus pensé du tout à Moorberg, à Charles et à Sélenberg, si sa belle-sœur né l'eût rappelé à sa mémoire par une lettre fort malhonnête. Les bruits publics lui apprirent bientôt le mariage d'Emilie et de Hennig, et sa haine contre la famille de Sollingen, en reçut un nouvel aliment. A la vérité, elle fut obligée de se taire, ayant été instruite presqu'aussitôt après, que Seibold avait été élevé par le prince au rang de conseiller, et qu'ainsi elle n'avait rien à espérer des réclamations qu'elle pourrait faire. Mais elle exhala son fiel dans une lettre au Major. Celui-ci la lut en souriant, et la jeta gaiement par la fenêtre. — Car je parie, dit-il, qu'elle s'est imaginée que je ne jetterais point sa lettre par la fenêtre; mais elle se sera trompée. — Elle menaçait dans sa lettre de deshériter Emilie. Le Major ne doutait point qu'elle ne tînt parole; mais il dit : bah! bah! Charles n'aurait qu'à mourir, je voudrais bien savoir si elle ferait enterrer son argent avec elle! Nous avons pourtant bien fait de conserver une poire pour la soif; nous n'avons plus besoin de nous inquiéter de ses exhérédations.

La femme du chambellan ne voulait réellement pas effectuer ses menaces; quelquefois même elle allait jusqu'à desirer de se raccommoder avec sa fille; cependant elle crut devoir attendre,

ne voulant rien faire , avant d'avoir
obtenu l'assentiment de Charles. Celui-
ci, instruit par sa mère des événemens
survenus dans sa famille , lui répondit
du ton le plus amer : Emilie a épousé
le mendiant Seibold ; eh bien ! qu'elle
aille aussi mendier avec lui ! Je vous le
dis , ma chère mère, si j'avais à craindre
de revoir jamais Emilie, d'avoir la moindre relation avec elle, je ne remettrais
jamais les pieds à Moorberg , ni dans
ma patrie. Non , jamais je ne revien-
drais près d'une mère qui m'aurait
abreuvé de honte , en excusant par
foiblesse les sottises d'enfans indignes
d'elle. Quoi! une fille , qui, à votre
insçu , épouse un misérable mendiant,
qui porte la désolation dans sa famille . . . . nous intéresserait encore?
Non, je ne la reconnais plus pour ma
sœur ; et vous, ma mère, vous avez
le choix : ou Emilie ne sera plus votre
fille , ou bien je cesse d'être votre fils.

Cette lettre jeta la faible mère dans
la plus triste situation. Il lui fallait
donc étouffer les sentimens de son

cœur, et elle le fit quoiqu'en soupirant secrettement. Charles n'avait point
dans sa lettre exigé positivement une
exhérédation ; mais elle tremblait en
pensant qu'il pourrait bien le faire ;
car elle sentait qu'elle n'aurait pas la
force de s'opposer à ses desirs.

Charles avait effectivement le dessein que craignait sa mère. Après avoir
quitté Dresde, à quelque distance de
la station où Charles avait rencontré
Seibold et son frère, Sélenberg se ressouvint qu'une jeune et jolie veuve
qu'il connaissait, demeurait dans les
environs. — Tiens ! dit-il à Charles :
avant de partir de Vienne, allons rendre visite à la comtesse Scharleben. Il
faut que tu la voyes. C'est là une femme !
Elle était déjà mariée avant que je la
connusse, sans cela elle eût été mon
épouse ; et maintenant qu'elle est libre,
ne voilà-t-il pas que je suis enchaîné
par ce maudit mariage. Elle est belle,
ô ! comme la déesse des amours, riche,
jeune, spirituelle, connait son monde
à ravir. Femme à l'âge de seize ans,

elle parut quelquefois à la cour, et le prince parlait avec extase de sa beauté et de son esprit. — Cette description éveilla l'attention de Charles.

Les voyageurs arrivèrent dans l'après-midi au château de la comtesse, dont les bâtimens et les jardins se faisaient remarquer par leur luxe et leur élégance. Ils montèrent un escalier magnifique, et furent introduits dans une salle dont les meubles et les tableaux éblouirent les yeux de Charles. Quelques minutes après, la comtesse demi-vêtue, mais d'autant plus ravissante, entra par une autre porte en sautillant. Ses cheveux blonds flottaient en tresses sur son front d'albâtre et sur son cou parfaitement dessiné. Elle portait un large mantelet de toilette, qui, dans la chaleur de la conversation, s'entrouvrant à tout moment, laissait entrevoir la plus jolie gorge. — Non, dit-elle d'une voix douce et en papillonnant; non, mon cher Sélenberg, je ne pouvais attendre la fin de ma toilette. Il fallait au moins vous prier de vouloir bien vous en-

nuyer

nuyer jusqu'à ce qu'elle fût faite. —
Charles s'inclina. — Vous voyez mon
ami M. de Halden, dit Sélenberg.

— Ainsi, vous êtes aussi mon ami,
M. de Halden, répondit la comtesse
en souriant, s'il est vrai que les amis
doivent partager entr'eux ce qu'ils ont
d'agréable. Par la même raison, vous
ne trouverez pas mauvais que je vous
invite tous deux à ma toilette. Je n'ai
pas eu envie de la faire avant midi.
C'est l'affaire de quelques minutes. —
Charles ne savait où il en était, tant
la jolie femme avait fait d'impression
sur lui. Il criait au miracle : effectivement elle parlait avec beaucoup de
grace. On entra dans son cabinet de
toilette. La comtesse causa un moment ;
et lorsque les deux messieurs s'y atten-
daient le moins, elle se glissa derrière un
rideau transparent, pour s'y habiller.

Sélenberg fut chargé de raconter les
anecdotes de la cour, et la comtesse
étouffa de rire. Il débita fort plaisam-
ment la chronique scandaleuse : son
sel n'épargna personne ; et loin de se

4. L

ménager lui-même, il rendit l'aventure de son mariage avec beaucoup d'ingénuité et de saillies. Charles, ainsi que la comtesse, prit part à la conversation, qui ne fut qu'un tissu de plaisanteries folles et de rires continuels. Le soir arriva avant que les deux messieurs s'en fussent apperçus. Ils voulurent partir, mais la comtesse représenta que son bureau d'esprit (c'est ainsi qu'elle nommait galamment sa société) devait tenir séance le lendemain. Ils restèrent ensemble jusqu'à minuit, et la comtesse leur dit enfin en riant : Bonne nuit, messieurs !

— Que dis-tu de ta nouvelle connaissance ? demanda Sélenberg. — Pauvre panégyriste ! la comtesse est au-dessus de toute description. Dans la société de cette femme, ajouta Charles avec un œil étincelant, j'ai senti pour la première fois ce que c'est que de vivre. —

Le lendemain matin, Sélenberg n'eut rien de plus empressé que de dire qu'elle avait fait décidément tourner la tête à

Halden. La comtesse répondit en riant :
je ne puis m'en offenser, et vous conseille aujourd'hui de me faire joliment
votre cour. —

Le bavardage de Sélenberg avait mis
Charles un peu dans l'embarras ; mais
la comtesse lui témoigna, comme à
son amant en titre, une préférence si
marquée, et lui fit tant d'agaceries,
qu'il sut gré à Sélenberg de son indis-
crétion. Ils voulurent continuer leur
route le lendemain matin ; mais la comtesse s'adressant à son amant, le pria
de lui accorder encore un jour. — Demain, dit-elle, je retourne à Dresde,
et vous m'y accompagnerez. Que voulez-
vous faire à Vienne ? On trouve aussi
bien à Dresde des églises et des cui-
sines. Je n'empêche point Sélenberg de
faire ce voyage ; il a des péchés à ex-
pier et un embonpoint à réparer sur
sa figure : qu'il vienne vous reprendre
à Dresde, quand il aura acquis plus
de sagesse et de bonne mine. — Elle
s'égaya ainsi sur le compte de Sélenberg, jusqu'à ce qu'il promît de l'ac-

2

compagner à Dresde. On ne pouvait rien refuser à cette femme, et son plan fut agréé.

Charles n'avait jamais voyagé plus agréablement. Sélenberg et lui furent absolument obligés de descendre chez elle. Elle envoya quelques cartes, et le soir, il se trouva au logis nombreuse société. Charles était enchanté de sa belle humeur ; il admirait le talent qu'elle savait déployer. Chacun se pressait autour d'elle, mais dans tous les cas elle montrait une préférence distinguée pour ses deux hôtes. Par-tout elle portait la vie et la joie, et trouvait toujours quelque chose à faire ; tantôt elle procurait une place à un jeune homme, et tantôt elle accélérait un procès, ou aidait à une reconciliation, etc. . . .

Charles fut encore plus émerveillé, en voyant qu'elle employait ses charmes à faire du bien sans aucune autre prétention. — Je suis jolie, dit-elle un soir, je le sais, et je voudrais voir si mes paroles ne feraient pas plus d'impression sur le vieux président, que les pleurs d'une famille entière, qui languit en vain depuis plusieurs années après la fin d'un procès, et qui s'est adressée à moi. Je fais mon possible pour être d'un repas où doit se trouver le président. Je joue pendant une heure avec le vieux bonhomme, et je suis si raisonnable, si réservée, qu'il ne se sent pas de joie. Après la partie, je m'asseois près de lui, lui parle du bon vieux tems, et lui marque mon desir qu'il soit plus jeune, ou que je sois un peu plus âgée. Je soupire, j'entame l'article du procès, je lui presse sa main sèche et glacée, et je lui laisse serrer la mienne. En récompense, le procès marche déjà à pas de géant. Ce matin, j'ai eu le président à ma toilette; je l'ai laissé jouer avec les boucles de mes cheveux, et me baiser le bras. Dès ce moment, le procès ira d'un train de poste.

— Oh! que vous êtes bonne! dit Charles, et il imita le manége du vieux président.

— Bonne! point du tout; je ne con-

3

nais pas même les personnes à qui j'ai
été utile. Et que m'importe en effet ?
J'ai du plaisir à voir la justice aveugle
marcher au gré de la beauté, aussi
bien qu'au gré de Plutus. Je disais ce
matin au président, lorsqu'il vantait
mes charmes : la justice n'est pourtant
pas aussi aveugle qu'on la dépeint,
mais on devrait la représenter en bé-
quilles. Le président faillit étouffer de
rire, et ne s'apperçut pas que j'atta-
quais moins la justice que lui-même. —
La comtesse avait sans cesse de pa-
reilles scènes. Au milieu des ris et des
folles plaisanteries, elle traitait les
affaires les plus sérieuses, et écrivait
les lettres les plus importantes. Elle se
chargeait de toutes les réclamations,
pourvu qu'elles ne nuisîssent à personne, et sur-tout lorsqu'elles deman-
daient beaucoup de finesses et de ruses.
Elle avait toujours la tête pleine de mille
intrigues, qu'elle démêlait tout-à-la-
fois, sans se tromper, ni changer de
rôle, et sans renoncer à ses autres folies.
Elle comptait encore plus sur la sub-

tilité de son esprit, que sur l'empire de ses charmes ; c'est pourquoi, tout étranger tant soit peu marquant était parfaitement accueilli chez elle, et elle se donnait toutes les peines imaginables pour briller à ses yeux, pour jouer les rôles les plus extraordinaires, et employer avec succès l'arme de la plus joviale plaisanterie.

Charles était maintenant cet étranger. Elle l'emmenait avec elle dans toutes les sociétés, prenait son thé avec lui, étant encore au lit, et le retenait seul près d'elle jusqu'à minuit, lorsque Sélenberg, plus rassis, s'était déjà retiré dans sa chambre. Charles se trouvait singulièrement flatté de la préférence que lui témoignait une femme si intéressante. Sa vanité interprétait faussement sa conduite ; il croyait entrevoir une inclination secrète, et cette idée l'attachait fortement à elle. Un nouvel étranger plus intéressant l'aurait bientôt tiré de son illusion, mais il ne s'en trouvait point pour le moment. Il conserva donc cette prétendue conquête,

4

et devint de plus en plus esclave de la belle comtesse. Il ne s'apperçut pas même qu'elle commençait à diriger sur lui les traits de ses plaisanteries. Dans un bal masqué, déguisée sous les attributs de la Folie, elle le promenait enchaîné. On rit beaucoup de l'idée de la comtesse, qui, tenant à la main un miroir avec cette inscription : *image de la Folie*, le montrait à qui s'approchait d'elle. Charles était enchanté de cette invention de sa belle, qui agaçait tous les masques. Lorsqu'elle quitta la salle pour aller changer de costume, elle lui présenta aussi le miroir ; et pour la punir de cette méchanceté, il baisa sa belle main.

O quelle femme ! répéta-t-il mille fois, lorsqu'il fut rentré dans sa chambre ; et il ne fut plus possible de lui faire quitter Dresde. Il fit part à la comtesse elle-même de l'admiration qu'elle lui inspirait, et alors elle déploya à ses yeux tous ses talens. Tantôt il la trouvait dessinant, tantôt pinçant de la harpe, et bientôt il la voyait à son secrétaire, occupée à corriger des vers qu'elle avait composés. Elle ne savait à la vérité qu'un peu de tout ; mais elle étalait ses moyens si à propos, que Charles pénétré de la plus profonde vénéra- tion, la portait aux nues.

La comtesse voulait briller, se faire adorer de tout le monde, être une Ninon de l'Enclos ou une Aspasie, et elle y réussit jusqu'à un certain point. Les hommes les plus marquans de la cour fréquentaient, assidûment et avec plai- sir, sa maison ; elle était même entou- rée d'un petit cercle de beaux-esprits ; mais malgré toute son adresse, jamais elle ne parvint, comme Ninon et Aspasie, à amalgamer la noblesse avec les beaux- esprits. Elle voulait être une femme célèbre ; mais dépourvue de l'esprit d'Aspasie et du cœur de Ninon, elle n'avait pour elle que de la vanité. Elle avouait sans détour qu'elle avait aimé et qu'elle aimait encore ; elle faisait même parade de son inconstance: mais elle ne remplaçait pas, comme Ninon,

5

la perte de ses amans par la plus tendre
amitié. Néanmoins elle jouissait d'une
bonne réputation, et personne ne
croyait que ses amans eûssent jamais
eu des motifs de se vanter de ses faveurs.

Charles était alors son adorateur, et
elle faisait l'impossible pour lui persuader qu'il l'aimait, quoique dans leur
tête-à-tête elle sût le tenir toujours à
une distance respectueuse. Charles en
était d'autant plus épris des charmes
de cette enchanteresse, et aspirait sérieusement à sa possession. Il en parla
à Sélenberg, et lui avoua qu'il ne con-
cevait pas la comtesse. — Si tu la con-
cevais, mon cher Halden, tout serait
fini : c'est en cela que gît l'enchantement. — Tout Dresde croit qu'elle
m'aime, dit Charles, moi seul je n'en
crois rien. Elle s'enferme avec moi, et
si ostensiblement, que toute sa maison
peut entendre le bruit des verroux ;
mais jamais elle n'est si froide que
quand nous sommes seuls et enfermés.
Donne-moi un conseil, Sélenberg.

J'aime éperdument cette femme éton-
nante. — Sélenberg sourit et leva les
épaules.

Charles profita de la première occasion pour déclarer de la manière la
plus expressive son amour à la comtesse. Elle devint rêveuse, laissa entrevoir des larmes dans ses yeux, lui serra
la main et en resta là. Il répéta cette
scène quelques jours après, et elle agit
comme la première fois.

Charles se livra alors aux plus douces
espérances et s'attacha de plus en plus
à elle. Lorsqu'enfin elle avoua qu'il ne
lui était pas indifférent, il tomba ex-
tasié à ses pieds et lui jura un éternel amour. Elle répondit en souriant :
je promets de vous aimer, tant que vous
serez aimable, ou plutôt, tant que
mon cœur vous trouvera tel. — Si ma
fidélité, reprit Charles en couvrant sa
main de baisers, si ma tendresse et
mon respect, si mes efforts pour prévenir vos moindres desirs, peuvent
mériter votre amour, alors je vous
possède à jamais, ma chère comtesse.

Elle le releva en le regardant tendrement, et il nageait dans une mer
de délices. Néanmoins il n'était pas
plus avancé. Quinze jours après, il
hasarda de prononcer le mot *mariage*,
et l'œil de sa déesse se troubla visible-
ment. Elle voulait bien un amant, mais
point d'époux, et dès ce moment son
amour pour Charles se serait à coup-
sur éteint, si l'intendant qui soignait
ses affaires économiques, ne se fût mis
de la partie.

La comtesse avait beaucoup dissipé,
quoiqu'elle ne parût pas faire d'exces-
sives dépenses. Elle n'avait qu'une seule
habitation à Dresde, mais dans ses
terres elle possédait un palais, faisait
un voyage tous les ans, et entrete-
nait journellement une table de douze
couverts. Elle aurait pu le faire sans
toucher à son capital ; mais sa fortune
se dissipait encore d'une autre manière.
Dans la salle on voyait deux vestales
en marbre, provenant des fouilles faites
en Italie ; sur la cheminée reposait un
bas-relief antique ; dans sa chambre à

coucher pendait un superbe tableau du Guide, représentant une sainte et des chérubins. Dans tous ses appartemens, on remarquait également des tableaux précieux ou d'autres chef-d'œuvres qu'elle avait achetés elle-même et que, par-conséquent, elle avait payés le double. Ses meubles étaient simples, mais avaient été travaillés en Angleterre ou bien en France. De plus, elle ne pouvait se servir plus long-tems que six mois du même sopha, de la même glace ou de la même pendule. Chaque virtuose qui voyageait, jouait dans sa chambre, au milieu d'un cercle choisi de ses amis, et recevait en cadeau, une montre d'or, avec son chiffre en brillans, ou bien une tabatière d'un grand prix. Ainsi, on empruntait successivement des capitaux hypothéqués sur son fonds, et on la nommait encore la belle comtesse, qu'elle était presque réduite à la mendicité.

Son homme d'affaires l'en prévenait de tems à autre; pour toute réponse, elle fredonnait une ariette italienne,

et souscrivait des lettres-de-change, ou
tout ce qu'on lui présentait, sans le
regarder, pour se débarrasser au plus
vîte de l'homme maussade, qui ne savait que calculer. Cet homme prêtait,
la comtesse empruntait, ensorte qu'au
moment où Charles prononçait le mot
de mariage, l'homme d'affaires vint lui
annoncer que, sans une banqueroute,
il ne savait pas de moyen pour la tirer d'embarras.

La jolie dame s'enferma avec lui,
et il se trouva qu'il n'y avait plus
de salut. Malgré ses dégoûts pour le
mariage, elle ne pouvait pourtant s'y
refuser plus long-tems. Elle lança de
nouveau, à Charles, de tendres regards,
et il se prosterna encore à ses pieds.
Il répéta en tremblant le mot : *mariage*,
et elle lui tendit sa belle main, en
baissant les yeux. Il profita de sa victoire, et pressa la comtesse de hâter
leur union.

On fut surpris de voir que M. de
Halden eut reussi à obtenir sa main ;
on ne voulut pas même le croire, avant

qu'ils ne fussent vraiment mariés.
Charles qui avait déjà informé sa mère
de son bonheur, et qui en avait reçu
par une lettre les plus tendres félicitations, redoubla d'instances auprès de
la comtesse, et elle ne tarda pas à lui
accorder sa main. Il se réjouit alors
d'apprendre que la comtesse Louise
eût épousé son frère, et il se sentit
infiniment heureux.

La mère écrivit au Major et fit son-
ner très-haut la brillante alliance que
son fils venait de conclure. Il lui répondit en faisant des vœux sincères
pour le bonheur de Charles, et termina ainsi : «Au reste, j'aimerais mieux
que vous m'eûssiez écrit : Charles a
pris une brave femme, au lieu de me
dire uniquement : une femme riche et
belle. Les richesses et la beauté ne sont
qu'un vernis, et une chaise vermou-
lue n'est et ne sera jamais qu'un meuble
dont on ne peut se servir, fût-il couvert d'or de tous les côtés». — Elle crut
entendre le langage de l'envie.

Charles s'apperçut peu à peu, mais

non encore entièrement du désordre
des affaires de sa femme. Il croyait
toujours qu'elle était au moins fort à
son aise, si elle n'était pas puissamment riche, et sa mère fut obligée de
lui envoyer une somme considérable,
pour acquitter les dettes les plus criar-
des. L'homme d'affaires qui aurait voulu
tenir encore long-tems la direction
des finances, embrouilla tellement les
comptes, qu'il ne fut plus possible à
Charles de s'y reconnaître, et sa femme
le pria de lui épargner une besogne
aussi déplaisante. Enfin il commença
à se méfier de l'intendant, consulta
d'autres personnes, et vit l'abyme où,
par sa légereté, la comtesse s'était
plongée. Il fallut vendre les biens,
parce que plusieurs créanciers persé-
cutaient, et la jeune femme de Charles
ne conserva presque plus, de toute sa
fortune, que son linge et ses habits.
Elle dut s'estimer heureuse, que cette
catastrophe fût survenue dans les beaux
jours de son hymen, car en fait de fortune, Charles n'était point du tout gé-

néreux. Il ne lui adressa alors aucun
reproche, parce qu'il se sentait heureux par sa possession ; mais il fallut
renoncer à son projet de rester à Dresde.
Son épouse pressa elle-même le départ,
et partit d'abord avec lui pour Moorberg, mais non dans l'intention de s'y
fixer définitivement.

Les parens de Charles ne savaient
presque rien de tous ces événemens ;
aussi la femme du chambellan témoigna-
t-elle la plus vive joie, lorsqu'elle vit
arriver l'épouse de son fils, suivie d'un
train de domestiques et de quelques
voitures de bagage chargées de linges
et d'habits. Elle avait fait repeindre
à neuf et meubler la plus belle chambre de sa maison, pour la réception de
la jeune élégante, et crut en recevoir
des complimens ; mais, à son grand
étonnement, la jeune dame se retournant nonchalamment, dit à Charles :
quel goût abominable ! mes femmes-
de-chambre étaient mieux logées ! je
croyais, et tu me disais toi-même qu'on
devait tout arranger convenablement.

Si seulement j'avais pris avec moi mes tapisseries et une partie de mes tableaux ! — Charles la rassura, en lui promettant de faire bientôt accommoder le tout dans un nouveau genre.

La jeune dame ordonna, et il fallut prendre sur - le - champ des mesures, pour arranger une autre salle. Les escaliers de la maison était roides pour elle ; le jardin lui semblait un potager, qu'elle ne pouvait point voir et qui manquait de statues, comme la maison manquait de tableaux. Elle nomma blocs une Flore et les Quatre Saisons qui s'élevaient dans le jardin, et ne voulut absolument pas les y souffrir plus long-tems. Madame de Halden lui fit voir sa galerie de tableaux. C'était une collection de portraits de famille, en cuirasses, en grandes perruques, et ornés de bâtons de maréchaux. La jeune dame partit d'un grand éclat de rire, et dit : je donnerais toute votre famille, pour cinq ou six paysans de Teniers. — Madame de Halden rougit jusque dans le blanc des yeux ; mais

elle ne répondit point, et dit en elle-
même : c'est précisément comme le
Major ! elle préfère les paysans aux
gentilhommes, aux généraux. — La
jeune dame, comme on le pense bien,
n'entendait parler que de paysans en
peinture.

Le chambellan eut le plus à souffrir
de sa belle-fille. Il fut obligé de res-
treindre son cher cabinet, que même
sa femme avait jusqu'alors épargné,
et au lieu de trois chambres, de se contenter d'une. Il fallut aussi supprimer
la volière, sa belle - fille ne pouvant
souffrir le ramage des oiseaux. Il branla
la tête, pestant avec humeur contre
tout ce qui se passait chez lui, et ne
se montra presque plus. Jadis il venait
à table en robe - de - chambre ; mais
maintenant il fallait faire toilette. En
un mot, il se trouvait entièrement
hors de sa sphère.

La mère donna bientôt dans tous les
grands caprices de sa belle-fille. En re-
vanche elle jouissait du triomphe de
voir priser son Charles pour l'homme

le plus heureux de l'Allemagne. Elle crut ne pouvoir mieux employer les fortes sommes qu'elle avait épargnées en secret, que pour le contentement de son fils, et tous les caprices de la jeune dame étaient suivis, lorsqu'ils n'étaient point par trop coûteux.

On fit aussi des voyages à la capitale, et qui nécessitèrent de grandes dépenses, Charles et sa mère voulant surtout briller aux yeux de Hennig. Lorsque la femme de Charles parut à la cour, elle conquit tous les cœurs. Le prince se trouvait volontiers en sa société, et donna de grandes fêtes en son honneur. Charles devint un personnage important. On lui proposa une place à la cour; mais il craignit que le prince ne lui fût dangereux auprès de sa femme, et d'ailleurs elle l'engagea elle-même à écarter cette proposition. Une place aurait tenu son mari à la chaîne, et elle avait déjà une foule de petits voyages en tête, ce qui la mettait hors d'état de rester long-tems dans le même endroit.

Charles néanmoins tâcha de faire
tourner à son avantage la faveur dont
il jouissait à la cour. Il vit bien qu'il
avait besoin d'une grande fortune ,
pour satisfaire tous les desirs de sa
femme ; c'est pourquoi il voulait parvenir à faire deshériter Emilie. Malgré
toutes les répugnances de la mère ,
elle ne put à la fin résister aux repré-
sentations , aux prières , aux menaces
de son fils , qui lui faisait sur-tout entendre qu'il devait jouir seul de sa fortune , et qu'Emilie serait encore assez
riche sans cela. Seibold en effet faisait
de bonnes affaires , puisqu'il entendait
l'agriculture et qu'il vivait fort écono-
miquement.

La mère consentit d'engager son mari
à donner son approbation. Il tint bon
long-tems , malgré les cris et les in-
jures de sa femme ; mais enfin il fallut
bien céder et fabriquer un testament ,
par lequel il reconnaissait Charles
comme son unique héritier , et ex-
cluait Emilie , parce qu'elle s'était mariée contre la volonté de ses parens.

La jeune dame fut chargée d'en parler
une fois au prince par manière de conversation. Elle le fit, et le prince ne
trouva rien à objecter, parce qu'Emilie lui était indifférente, et que la jeune
dame de Halden lui inspirait beaucoup
d'intérêt.

Charles rencontra un jour dans une
société Louise et son frère qui ne s'in-
quiétait nullement de la cour, et qui
après avoir rempli ses devoirs, jouissait de la vie dans le sein du bonheur
domestique. Il lui présenta sa femme
d'un air de triomphe, comme pour
l'humilier. — Je souhaite, dit-il à
Hennig, que tu sois aussi heureux que
moi. — Hennig sourit et ne répondit
point ; mais lorsqu'il revint chez lui,
et qu'il vit sa Louise presser son nour-
risson sur son sein maternel, il se prosterna à ses pieds, lui baisa la main, et
dit les yeux humides : que ma mère et
mon frère ne te voient-ils une fois
allaiter ainsi ton enfant ! peut-être
concevraient-ils que je suis plus heureux à tes côtés, qu'ils ne le sont au

milieu de l'éclat fastidieux de la cour!

Le père de Louise mourut, et Hennig se démit de sa charge, pour aller
prendre possession de ses biens. Il fit
alors ressouvenir Seibold de son an-
cienne promesse. Seibold promit de
nouveau de venir le joindre, aussitôt
que les douze années de son bail seraient écoulées.

Emilie devint aussi mère. Le Major
allait de Ransleben à Rhense, et de
Rhense à Ransleben, et là il restait
des heures entières auprès de ses bons
amis. — Tiens, mon vieux et cher
Hennig! disait-il souvent en revenant,
et il arrêtait son cheval : je pourrais
défier le monde entier, de me faire
voir un homme plus heureux que moi.
Aussi, Dieu en soit loué! maintenant
je crains véritablement les approches
de la mort, tant je vis heureux!

Pendant que le repos et la satisfaction se resserraient dans le cercle étroit
et paisible des trois familles de Sollingen, Ransleben et Rhense, la joie
bruyante étendait au loin son éclat à

Moorberg. Ce n'était là que bals, parties de chasse, sociétés ; le prince lui-même venait souvent en personne à Moorberg. La femme du chambellan raffolait de ce bonheur, et elle aurait volontiers invité une fois Hennig avec son épouse, pour étaler son triomphe, si Charles ne lui avait rappelé que toute relation avec Hennig rendrait l'exhérédation impossible. Mais lorsqu'elle parlait de Ransleben et de Sollingen, elle racontait aussitôt que le prince avait honoré son fils de sa visite. La nouvelle en vint aux oreilles de la vieille cousine à Ransleben, et elle dit à Hennig et à Louise en soupirant : pensez-y donc ! le prince est venu à Moorberg ! les gens de Moorberg sont pourtant bien heureux ! quel bonheur ! — Louise levant les yeux de dessus son enfant, saisit avec joie la main de Hennig, et dit : qu'importe que le prince soit allé à Moorberg ! nous avons ici le ciel et tout ce qui rend les anges et les saints heureux ; amour et contentement ! — Aussi, dit

la

la vieille cousine avec un soupir : vous
n'avez des yeux que pour monsieur
votre cousin et pour votre poupon ;
voilà pourquoi la cour ne s'informe
pas de vous !

— Eh bien ! nous ne nous en inquié-
tons pas non plus.

— Oh ! je sais bien que tout vous est
indifférent, pourvu que monsieur votre
cousin vous aime. Jamais le prince ne
viendra ici, ou bien il faudrait qu'il y
eût bien du changement ! —

La cousine fit de loin quelques tentatives pour se rapprocher de la femme
du chambellan ; mais elle y renonça,
parce que Louise et Hennig, loin de
l'appuyer, faisaient peu d'attention à
ses comparaisons entre la vie mono-
tone de Ransleben et la vie brillante
de Moorberg.

On n'était pas aussi heureux à Moorberg que la cousine se l'imaginait.
Charles et sa femme étaient maîtres
absolus dans la maison, le père gar-
dant le silence sur tout, et la mère
acquiesçant à tout ce qu'ils voulaient.

4. M

Mais cette presqu'imperceptible dépendance du vieux chambellan leur parut encore onéreuse, parce qu'ils n'étaient point maîtres de sa fortune. Il est vrai que la plupart des revenus de la terre passaient par les mains de Charles ; mais voulait-on exécuter quelqu'entreprise importante, qui exigeât de fortes sommes, il fallait toujours s'adresser au père. En pareil cas, le vieillard opposait quelque résistance, selon sa coutume, seul moyen qui lui restât de faire sentir ses droits. La jeune dame avait souvent besoin d'argent sur - le- champ, et il fallait suivre une marche lente, en le faisant demander par son mari à son beau-père. Ces lenteurs lui déplaisaient, et elle disait souvent avec sa légéreté accoutumée : comment ton père a-t-il le front de vivre si long-tems ? — Et quelquefois elle ajoutait : il est bien désagréable de voir un vieillard, tombé en enfance, être le tuteur d'un homme comme toi ! — Charles avait maîtrisé son père dès sa jeunesse, et n'avait jamais senti pour lui ni respect ni amour. Le langage de sa femme faisait donc peu d'impression sur lui, et il l'approuvait intérieurement. Et puis quelques expressions du chambellan touchant Hennig et Emilie, lui étaient suspectes : il craignait que son père ne se rangeât de leur côté, pour peu que le Major se mît de la partie, ou que ses frères et sœurs l'en priassent. Il crut donc à propos de se procurer le plutôt possible la pleine jouissance de la fortune de son père. Il communiqua ses desirs à sa mère, et cette femme insensée les approuva. Elle promit à Charles de lui faire obtenir la cession en forme de tous ses biens.

Lorsqu'elle en fit la proposition à son mari, celui-ci, à son grand étonnement, répondit d'un ton calme, mais ferme : il n'en sera rien ! — Elle se tut pendant quelques minutes, puis, reprit la question ; mais le chambellan répéta avec le plus grand flegme : il n'en sera rien ; tu peux le dire à ton fils. — Et la mère de s'emporter, de crier long-tems, et de lui demander

2

enfin en hurlant : as-tu bien pris ton parti ? — Mais le chambellan n'en démordit pas. — Il n'en sera rien.

Madame, qui n'était pas accoutumée à tant d'acharnement de la part de son mari, se fâcha à la fin tout de bon, et s'écria d'un ton effroyable : il le faut, te dis-je ! il le faut ! — Le chambellan trembla un peu, et sa femme crut déjà qu'il allait céder ; mais il dit : je n'en ferai rien ; et si vous m'importunez davantage, j'appelerai Hennig et le Major à mon secours.

Sa femme pâlit à ces mots. Il le remarqua, et continua : je les appelerai, si vous ne me laissez tranquille. J'ai déjà été obligé de donner ma chambre à Charles ; mais je ne souffrirai pas qu'on me tourmente dans la dernière qu'il m'a laissée. Oui, il faudrait que je cédasse mon bien, afin d'être ensuite obligé d'aller mendier mon pain chez mon propre fils ! Non, cela ne sera point ; tant que je vivrai, je veux être maître de cette chambre et de ma fortune.

Madame de Halden mit alors en usage
tous les artifices d'une femme méchante
et entêtée. Elle tempêta , poussa les
hauts cris , sanglota , menaça de se
tuer et se mit au lit. Enfin quelques
semaines après , son mari se laissa toucher par la pitié ou par la crainte ;
mais la victoire sur lui n'était pas encore assurée. Le vieillard déclara qu'il
ne s'inquiéterait nullement de l'emploi
que Charles ferait du revenu de ses
biens ; mais il ne voulait point entendre parler d'une cession formelle. Il
ne fut pas possible de rien obtenir de
plus. Si Charles et sa femme le pres-
saient par fois trop vivement , alors il
les menaçait du Major et de Hennig , et
les persécutions cessaient.

Madame de Halden , qui connaissait
parfaitement son mari , ne tarda pas
à remarquer que sa résistance devait
avoir d'autres motifs que ceux qu'il al-
léguait. Il lui vint à l'esprit que peut-
être il songeait à annuller l'acte qui dé-
pouillait de l'héritage Hennig et Emilie.
Elle recueillit dans ses informations

3

que, pendant qu'elle était allée à la résidence, son mari avait retenu long-
tems dans sa chambre un homme de
loi (jeune homme honnête, le subs-
titut du vieux grand baillif)', et qu'ils
avaient écrit ensemble. Quelques bons
vieux paysans avaient été appellés
secrettement par le vieux domestique
du Chambellan, et étaient sortis en
s'essuyant les yeux. — Madame de Halden ne parla point à Charles de cette
découverte, pour ne pas l'irriter encore plus. Dès-lors elle traita avec égard
l'homme de loi, qu'elle ne savait comment aborder.

Enfin son mari tomba malade, et il
n'y eut plus de tems à perdre. Elle fit
appeler l'homme de loi, et lui dit d'un
air affligé : mon mari vous fait prier
de lui remettre l'écrit que vous avez
dressé en présence de Jean et des autres
témoins (qu'elle nomma). — L'homme
de loi fut saisi. — Cet écrit, ajouta-
t-elle d'un ton lamentable, concerne
nos deux enfans, que mon mari veut
voir et qu'il a déjà envoyé chercher.

C'est pour cela qu'il a besoin de ces papiers, qu'il veut, je crois, remettre au Major.

Elle s'exprima si ingénument, que l'homme de loi donna dans le piège. — Mais, reprit-il, il faut, Madame, que je les remette à M. le Chambellan lui-même. — Sans doute ; c'est ce que prétend aussi mon mari. — Elle alla près de son mari, qui était affecté de léthargie, et lui dit : je viens de demander à l'homme de loi un écrit concernant mes biens ; mais il ne veut me le remettre qu'en ta présence. — Pendant ce tems l'homme de loi était allé prendre le testament qui était scellé ; il entra dans l'appartement. — Donnez cela à ma femme, dit le Chambellan, et il retomba dans son assoupissement. L'homme de loi s'approcha du lit, pour rappeler au malade ce que cet écrit contenait. Madame de Halden l'avertit de ne point parler si haut. Le malade lui répondit, comme il répondait toujours : c'est bien ! fort bien ! l'avez-vous donné à ma femme ? —

4

L'homme de loi se retira , sans soup-
çonner la moindre ruse.

Ainsi , madame de Halden avait entre
les mains les papiers importans après
lesquels elle aspirait depuis si long-
tems. Son mari avait réellement reconnu dans toutes les formes Hennig et
Emilie pour ses héritiers , et la teneur
de ce testament etait si touchante , que
la mère en fut ébranlée. La honte l'empêcha de montrer à qui que ce fut ,
pas même à Charles , cet écrit , par lequel elle apprit que son mari avait as-
sisté aux nôces de Seibold et d'Emilie ,
et avait consenti à leur union.

Elle se dit avec effroi : ah ! si le
Major et Hennig savaient l'existence de
cet écrit ! — Mais elle reprit courage ,
lorsqu'elle réfléchit qu'elle pouvait faire
attester par l'homme de loi , que son
mari avait redemandé le testament. Le
principal était à présent d'empêcher
que son mari ne parlât avec le Major
ou avec ses enfans. Elle fit passer la
maladie de son époux pour une légère
indisposition ; et plus le médecin ma-

nifestait de craintes, plus elle donnait d'espoir à sa maison. Cependant la maladie était devenue si sérieuse, qu'elle ne put la cacher plus long-tems; alors la nouvelle de la mort prochaine du Chambellan fut portée à Ransleben et à Söllingen.

Hennig se rendit aussitôt chez son oncle et partit avec lui pour Moorberg. Madame de Halden les accueillit tous deux avec une douleur simulée. Son mari était déja privé de l'usage de la parole, et plongé dans un sommeil continuel. Hennig se précipita à genoux, en s'écriant d'une voix forte : ô mon père ! — et il baisa sa main glacée. Le mourant éveillé par ce cri, ouvrit les yeux. Il parut vouloir recueillir toutes ses forces ; mais ses paupières se fermèrent de nouveau. — Mon frère ! mon cher Christophe ! s'écria le Major avec sa forte voix : c'est moi ! et voici ton fils Hennig ! — Ces accens réveillèrent encore une fois le vieillard. Il ouvrit les yeux, leva les bras, sourit légérement, et tendit la main à Hennig.

5

La mère était dans les plus vives
transes. — Ah ! il ne connaît plus personne, dit-elle. — Il nous connais, assura le Major. Mon frère, nous connais-tu ? — Le Chambellan fit signe
qu'oui. — Est-ce là ton fils Charles ? —
Il secoua la tête. — Est-ce ton fils Hennig ? — Il répondit par trois signes de
tête approbatifs. — L'aimes-tu ? mon
frère ! — Il fit signe de nouveau et lui
tendit les deux mains. — Mon frère,
bénis donc ton fils ! — Le Chambellan
joignit les mains, puis en posa une sur
le front de Hennig.

Madame de Halden s'attendait à tout
moment à cette question : Hennig doit-il
hériter ? — Pour l'empêcher, elle se jeta
sur son mari, en poussant de hauts
cris et le baisa. Il lui donna à entendre
par un geste, qu'elle voulût bien s'é-
loigner, regarda Hennig, et en même-
tems écrivit sur le lit avec son doigt,
vraisemblablement pour indiquer qu'il
existait un écrit. — Silence ! dit tout
bas la mère. — A peine avait-elle cessé
de parler, que l'ame du malade céda

à la faiblesse du corps, et il retomba en léthargie.

Madame de Halden dit alors : Le médecin a ordonné de ne point le troubler dans son sommeil. — Le Major et Hennig ne soufflaient donc pas le mot : néanmoins, le dernier ne quitta pas le lit. Le soir son père r'ouvrit encore les yeux, et l'on entendit sortir de sa bouche quelques sons ressemblans à ces mots : Emilie ! Hennig ! — De tous ceux qui entouraient son lit, il tendit la main à Hennig seul, fit encore un mouvement, puis son ame s'envola.

Le Major lui ferma les yeux et dit d'une voix altérée : adieu ! que le ciel t'accorde dans l'éternité les joies que ta faiblesse et la méchanceté des autres t'ont ravies ici bas ! tu n'es plus, mon pauvre frère ! et bientôt nous te suivrons tous dans un lieu, où la vile cupidité ne sépare plus les cœurs. Tu ne fus pas méchant, mon frère ; Dieu te pardonnera ainsi qu'à nous tous.

Hennig, les yeux humides, fixés sur la dépouille inanimée de son père, saisit

6

sa main et dit avec émotion : mon père,
tu m'as béni de cette main mourante. —
Tout-à-coup il se jeta aux pieds de sa
mère et s'écria douloureusement : bé-
nissez-moi aussi, ma mère ! — Une pâleur mortelle couvrit le visage de la
veuve ; son cœur battit fortement et
une agitation rapide se peignit dans
ses traits. Luttant avec elle-même, elle
posa sa main tremblante sur le front
de Hennig, l'enlaça de ses bras et le
pressa un moment sur son sein palpitant. L'effroi de sa conscience anéan-
tit le charme des sensations qui nais-
saient en elle. Elle se hâta de sortir de
la chambre ; il lui semblait être pour-
suivie par les terreurs de la justice
civile. Elle ne savait point si elle aimait ou haïssait Hennig. Elle serait
redevenue juste à son égard, si elle avait
cru qu'il ne songeât point à l'héritage.

Hennig et le Major s'en retournèrent,
et quelques jours après, ce dernier
reçut une lettre de la veuve, qui lui
demandait si Hennig et Emilie voulaient se désister de leurs prétentions

à la fortune de leur père, ou bien, être présens à l'ouverture du testament. Le Major se contenta de demander une copie du testament. Il la reçut, et Hennig non plus qu'Emilie ne firent pas la moindre démarche pour revendiquer leurs droits. Ainsi, Charles avait atteint son but et se trouvait seul possesseur des biens considérables de son père. La mère jugea aussi à propos de lui céder ses propriétés, même de son vivant. Elle fit présent de trois mille écus à Emilie et de mille à Hennig; elle donna tout le reste à Charles et ne se réserva qu'une rente annuelle de six cents écus. Elle s'attendait à des reproches de la part de Hennig et d'Emilie; mais, au contraire, ils la remercièrent tous deux par des lettres tendres, de la bonté qu'elle avait de ne point les avoir totalement oubliés. — Ma chère mère, écrivit Emilie : mon époux que vous avez traité si rigoureusement, et qui pourtant est si bon, a regardé le cadeau que vous m'avez fait comme une chose sacrée. Il ne peut se résoudre à employer cet argent à son usage particulier : c'est pourquoi il l'a légué à l'institut des veuves nobles de la résidence. Il l'y a placé en votre nom , et il se réjouit , ma chère mère, de savoir que mainte pauvre veuve bénira votre mémoire dans les tems les plus reculés. — La mère fut choquée de ce qu'ils n'eûssent pas employé cet argent pour eux - mêmes , et fut charmée néanmoins de la destination qu'on lui avait donnée , parce que cela flattait sa vanité. Hennig répondit à sa mère avec beaucoup de respect et une tendresse vraiment filiale.

A peine Charles et sa jolie femme furent-ils maîtres d'une si brillante fortune , qu'ils métamorphosèrent Moorberg en une habitation magnifique. Un parc superbe entourait leur château. Le fossé, le dangereux pont-levis et la porte ornée de vierges grecques disparurent. La Flore et les Quatre Saisons furent remplacées par des statues d'un grand prix. On fit venir des meubles de Paris , on forma une galerie d'ex-

cellens tableaux, et on acheta üne des
plus belles maisons de la résidence. La
jeune dame de Halden recommença
alors son train. de vie de Dresde ; des
sociétés , des bals , des fêtes succédaient
sans relâche aux promenades et aux
petits voyages. Charles nageait dans
une mer de délices , car il jouait à la
cour un rôle brillant. Le prince ne le
distinguait pas moins que sa charmante
femme , et Charles remarquait avec
plaisir à quelle distance respectueuse
sa femme tenait le prince.

Le prince était réellement ravi de la
beauté et de l'esprit de madame de
Halden , et sa vue ne faisait qu'accroître
sa passion. Il crut d'abord en venir facilement à bout , la voyant répondre
avec amabilité à ses agaceries ; mais
bientôt il s'apperçut qu'elle ne l'attirait
à elle que pour le repousser. Elle évitait toutes les occasions où elle pût se
trouver seule avec lui, s'attacha à la
princesse , et resta souvent des jours
entiers à ses côtés , sans la quitter un
moment. Le prince trouvait-il l'instant

heureux où il pût l'entretenir en particulier ? elle se livrait à une folle gaîté,
éludait ses questions, et tournait ses
discours sérieux en pures plaisanteries.
Le prince apprit qu'elle avait rendu à
son mari des conversations entières
qu'elle avait eues avec lui, et ne fut
pas peu étonné de l'entendre dire en
sa présence : Monseigneur m'aime. —

En un mot, le prince ne put amener
à ses fins cette femme extraordinaire,
qui ne le repoussait, ni se livrait à lui.
Il prit un air sérieux, ne parla plus
que par monosyllabes, parut triste, et
se tint à l'écart. Elle l'agaça alors avec
tout l'art de son amabilité ; et lorsque
le prince se rapprocha d'elle, ils chan-
gèrent tout-à-coup de rôle : elle devint
boudeuse, sérieuse et muette. Pour ne
pas se trouver à un bal que donnait le
prince, jadis sa plus favorite passion,
elle se condamna à une ennuyeuse promenade.

Toute la cour remarqua que le prince
aimait madame de Halden. Déjà on
tâchait d'obtenir ses bonnes graces,

et quelques ames viles se rapprochèrent même de son mari, pour tirer parti de sa future influence. La jolie dame racontait le soir à son mari ce dont elle s'était apperçue dans le jour, et celui-ci s'écriait avec ravissement : quelle femme n'ai-je pas ! —

Enfin, le prince s'adressa à Sélenberg, d'abord en termes obscurs, mais bientôt tout ouvertement. Sélenberg dit en levant les épaules : Halden est mon ami. — Ne suis-je pas aussi le vôtre ? demanda le Prince. — Le courtisan s'inclina respectueusement, et dit : tant que M. de Halden pourra fournir à sa femme de quoi alimenter son luxe et sa passion de briller, elle sera inexpugnable : je la connais.

— Est-ce là tout ce que vous avez à me dire ? — Oui, monseigneur ; il me semble que c'est déjà beaucoup. Il est bien certaines petites choses à faire, mais je ne me mêle pas volontiers d'affaires qui peuvent mal tourner. —

Le prince embrassa Sélenberg, qui dit en souriant : un regard irrité de votre excellence me serait beaucoup plus agréable dans ce moment, que cette marque authentique de votre faveur. Je serais fâché que l'on vît que vous m'accordiez votre confiance, parce que j'aurais démérité de celle de Halden. —

Le prince se ressouvint de l'avis. Quelques jours après, Sélenberg fut en pleine disgrace, et la cour lui tourna le dos. Charles seul lui resta fidèle. — Quel est donc le motif de ta disgrace? demanda-t-il à son ami. — C'est toi! répondit Sélenberg. Le prince me donna la commission d'apprivoiser un peu ta femme; je refusai cette honorable fonction, et il fallait naturellement que la défaveur s'ensuivît. — Charles remercia Sélenberg, qui lui conseilla de ne pas s'en rapporter tout-à-fait à son épouse. — Elle est femme, disait-il, elle est flattée, comme toute autre, d'être bien vue du prince; tu es à la vérité son confident, Halden, mais elle ne te dit que ce qu'elle juge à propos. Elle t'avouera difficilement (j'en ai fait la remarque) que les cajo-

leries du prince lui plaisent infiniment ;
que lorsqu'il paraît indifférent, elle
l'agace par des sourires, par des coups-
d'œils séduisans. Encore une fois, elle
est femme, et son amant est prince.
Si j'étais à ta place, je partirais pour
Moorberg. Il ne faut pas se mettre à
la gueule du loup ! —

Charles trouva fort justes les raisons
de son ami, et lui serra la main. Il
ne pouvait cependant se déterminer
à retourner à Moorberg. Sélenberg
n'avait pas non plus l'intention de le
chasser de la résidence , mais seulement de lui inspirer de la jalousie,
afin qu'il forçât sa femme, par des reproches, à mettre fin à ses manœuvres.
Charles avait en sa femme une confiance sans bornes, aussi bien qu'en
Sélenberg. Souvent il ne put éviter de
laisser sa femme seule avec le prince ;
c'est pourquoi il chargea son ami de
les observer un peu tous les deux. Sélenberg le lui promit, et quelques jours
après, il dit à Charles avec une espèce
d'anxiété : ta femme n'a point encore

à la vérité d'intelligence avec le prince,
cependant je crains qu'elle ne suc-
combe. — Il lui conta alors une foule
de petites choses assez signifiantes, en
sorte qu'une étincelle de jalousie s'alluma dans le cœur de Halden. Charles
surveilla alors sa femme de plus près,
et trouva que Sélenberg avait raison ;
de plus, que sa femme le trompait.
Il se passa entre les deux époux quelques scènes vives, mais qui n'amenèrent
aucun éclaircissement. La jeune dame
dit d'un air piqué : continue toujours
ainsi ! tu te feras aimer ! —

Sélenberg fit fermenter de plus en
plus le poison dans l'ame de Charles,
toutefois lui recommandant de la dis-
crétion, sinon son épouse agirait plus
sourdement. La jeune dame, pour qui
le plaisir n'était rien, et qui n'avait
pour mobile que la vanité, ne prenait
dans le fait pas de goût aux assiduités
du prince, et Charles n'avait pas besoin
de s'inquiéter. Néanmoins les discours
de Sélenberg ne firent qu'augmenter
sa jalousie. Il menaça sa femme de

l'emmener à Moorberg, et de ne plus reparaître avec elle à la résidence. Dans la conviction de son innocence, elle lui rit au nez, et se moqua de ses soupçons. Chaque fois elle réussissait à le tranquilliser, et Sélenberg, de son côté, parvenait chaque fois à rallumer sa jalousie. Enfin Charles devint grondeur. Il alla même jusqu'à forcer sa femme de s'absenter de certaines parties qu'elle avait elle-même organisées, et dont elle s'était promis beaucoup de plaisir.

Dans une circonstance semblable, il s'éleva entre les deux époux une altercation qui devint d'autant plus violente, que la femme se défendait mal. Elle eut enfin recours aux armes de son sexe, aux larmes. Charles, qui l'aimait véritablement, sauta à son cou, et la pria si tendrement de ne plus lui ravir sa foi, le seul bonheur de sa vie, qu'elle le prit entre ses bras, et lui dit : Halden ! je n'ai jamais violé par aucune pensée, la foi que je te dois ; mais, je t'en prie, épargne-

moi dorénavant de telles scènes, si tu
ne veux pas que j'y prenne goût. Une
fois pour toutes, ajouta-t-elle franchement et s'asseyant sur ses genoux. ...
n'en parlons plus ! —

On en vint aux explications sur ce
qui avait donné lieu à cette jalousie.
Charles, malgré la défense de son ami,
nomma Sélenberg. — Sélenberg ! dit la
femme étonnée : qui ? lui ! Il aurait
éveillé ta jalousie? — Alors elle se mit
à rire aux éclats. Enfin, elle s'écria :
c'est inoui ! et du plus singulier comique ! Sélenberg , il faut en convenir,
est un adroit coquin. Il t'excite d'un
côté et moi de l'autre. O ! mon ami, il
faut le prendre lui-même dans ses propres pièges !

Charles fut surpris des exclamations
de sa femme , et elle lui raconta alors
que Sélenberg s'était adressé à elle, et
l'avait plaint d'avoir un mari jaloux.
— Franchement parlant , continua-
t-elle, je lui prêtai l'oreille et lui con-
fiai même mes peines. Alors il me parla
en faveur du prince, et lui procura

mille occasions de me voir seule. En vérité, mon cher époux, si cette petite altercation ne nous l'avait pas fait connaître, je crois qu'avec ses artifices il serait venu à bout de nous brouiller entièrement, et par conséquent de me rapprocher encore davantage du prince.

— Charles interdit ne voulut pas l'en croire ; mais elle alla chercher quelques billets de Sélenberg, qui dévoilaient assez clairement ses desseins. Charles doutant encore, elle lui donna à lire un billet, par lequel, le prince engageait Sélenberg à lui procurer un regard gracieux de la belle Halden ; Sélenberg avait montré ce billet à la jeune dame dans un moment où elle était mécontente de son mari, et elle le lui avait arraché des mains. Charles fut alors convaincu de la trahison de Sélenberg, et sa perfidie ne lui paraissait point du tout aussi comique qu'à sa femme. Il se raccommoda entièrement avec elle, et se promit secrettement de se venger du traître.

Le lendemain matin, accompagné de

deux-témoins, il se rendit chez Sélenberg, et lui dit : M. le président, je
vous déclare en présence de ces messieurs, que vous êtes un méchant
homme et un drôle. — Sélenberg voulut entrer en explication ; mais Charles
ne voulant point l'entendre, il fut enfin forcé de demander satisfaction. Ils
allèrent dans un petit bois derrière la
maison de Sélenberg. A ces mots : infernal monstre ! Charles s'élança sur
lui, et de son épée lui perça l'épaule
droite de part en part. Sélenberg fut
rapporté dans sa maison. On ne trouva
point sa blessure mortelle ; mais ses
humeurs viciées empêchèrent sa gué-
rison, et son état empira au point,
qu'il ne lui fut plus possible de quitter le lit. Sélenberg se vit donc, non
sans effroi, seul avec son médecin,
sa conscience et la mort qui s'avançait
à pas lents. Dans un de ses mauvais
momens, il parla une fois de sa femme
et de son enfant. Le médecin, sans
en prévenir Sélenberg, pria sa femme
de venir le voir. Elle demeurait sur

son

son petit bien , et avait depuis quelque tems Julie près d'elle. Elle vint
avec sa fille , et entra dans la chambre
du malade , au moment où l'on se dis-
posait à faire à son mari une opération
douloureuse. La commisération peinte
sur sa figure , et la timidité de sa fille
le touchèrent. Il tendit la main à son
épouse. Elle lui donna alors tous ses
soins , et le malade ne tarda pas à s'appercevoir qu'il était mieux soigné par
elle que par des domestiques.

Il s'habitua ainsi à voir à ses côtés
sa femme et sa fille. Ses attentions pré-
venantes, la part qu'elle prenait à ses
maux , les caresses de sa fille , firent
naître en lui des sentimens de gratitude et de bienveillance. D'abord leur
société lui avait été agréable , maintenant elle lui était devenue nécessaire.
Bientôt survint la confiance et la tendresse, et à deux pas de la tombe , il
sentit , pour la première fois , qu'il
existait d'autres jouissances plus douces
que celles de la volupté. Il mourut
dans les bras de sa femme , et ses der-

4. N

nières paroles furent : Dorothée , ah !
combien je perds en te quittant ! ce
n'est que sur le seuil du tombeau que
j'apprends ce que c'est que le bonheur
et l'amour. — Sa fille hérita de tous
ses biens , à l'exception de quelques
legs considérables , dont il avait disposé en faveur des malheureuses victimes de sa séduction.

La cause de la mort de Sélenberg
fut long-tems un mystère. Charles retourna à la résidence , mais n'y fut pas
plus heureux. Il redevint jaloux , le
prince ne cessant point de cajoler sa
femme. Quoiqu'il lui coûtât beaucoup
de quitter la cour , il s'y détermina
néanmoins. Son séjour à la capitale et
ses dépenses récentes avaient englouti
de grosses sommes. Aussi , sa mère
voyait avec plaisir que son fils revînt
à Moorberg , où l'on pourrait au moins
économiser. Il n'y avait plus à espérer
que Charles fût fait comte ou ministre ,
et il ne l'emportait sur Hennig , qu'en
ce qu'il jouissait des bonnes graces du
prince , faveur dont à la fin elle n'avait

pas lieu de se glorifier. Elle se réjouissait néanmoins de voir revenir près d'elle son fils bien-aimé. Elle voulait aussitôt son arrivée reprendre son ancien système d'économie ; mais la jeune dame en parut fort mécontente ; elle se fit même un plaisir de rompre tous les desseins de sa belle-mère. Les deux femmes se lancèrent mutuellement quelques mots piquants, qui devinrent de jour en jour plus amers. La mère, qui savait fort bien tous les grands sacrifices qu'elle avait faits pour le bonheur de son fils, se mit à ordonner, à gronder.

Il en résulta enfin une dispute en règle, dans laquelle la bru dit fort librement : je suis la femme de la maison, et vous, Madame, vous recevez de nous une pension, veuillez ne pas l'oublier ! — Entends-tu, Charles, s'écria la mère vivement aigrie ? entends-tu ce que me dit ta femme ? Une pension ! Non, ce ne sera pas ainsi. Tant que je vivrai, je serai maîtresse chez moi. Peu m'importe après ma

mort, que vous dépensiez, jusqu'à ce
que vous ayez rendu mon fils aussi
pauvre que vous l'étiez, madame ma
fille !

— Cher époux, dit alors la jeune
femme, le visage en feu : souffriras-tu
que ta mère me maltraite ? — Charles
était fort embarrassé. Il voulut les ap-
paiser toutes les deux, et ne fit qu'ai-
grir la dispute. La mère furieuse rentra
dans sa chambre, et manda son fils. Il
vint et lui déclara en termes ménagés,
néanmoins très-positifs, que sa femme
était maîtresse dans la maison, et qu'il
n'y pouvait rien changer. La mère stu-
péfaite se tut un moment ; mais bientôt elle se déchaîna comme une tem-
pête. On en vint aux gros mots, et
Charles finit par dire en s'en allant :
nous sommes seuls maîtres ici, ma
femme et moi. —

La mère fit encore quelques tentatives, pour conserver son autorité ;
mais elles ne lui procurèrent que des
humiliations. Elle voulut, comme du
tems de son mari, l'arracher, la re-

conquérir par ses criailleries. Elle s'enferma dans sa chambre, s'y fit apporter
à manger et joua mille petits tours à
sa bru. Il en résulta que Charles, qui
aimait sa femme, parla en maître à sa
mère, et lui dit : si cela ne cesse, je
trouverai bientôt moyen de débarrasser ma femme de votre présence, puisque vous faites tout, pour vous attirer
sa haine. —

Des larmes brûlantes jaillirent des
yeux de la malheureuse mère. Charles !
dit-elle d'une voix entrecoupée : je t'en
prie.... non, s'écria-t-elle avec rage,
je ne veux point prier là où j'ai droit
d'ordonner. Ingrat, éloigne-toi de mes
yeux ! —

Voilà donc la guerre ouvertement
déclarée. La mère fit toute sorte de
méchancetés à sa belle-fille ; ce n'était
pas le moyen d'amener un raccom-
modement. Charles expulsa de la maison les domestiques de sa mère, et
elle fut obligée de se faire servir par
les gens de sa belle-fille. La jeune dame
se moquait de la mère, les domestiques

3

suivaient son exemple. Charles se taisait là-dessus, ainsi que sur les dépenses de sa femme, qui ne finissaient pas.

Sous maint prétexte on séquestra la pension que la mère devait recevoir. Tant de maltraitemens domptèrent enfin sa fierté. Il n'y avait plus personne dans la maison, qui voulût entendre ses plaintes, excepté le vieux domestique de feu le Chambellan, qu'elle n'avait jamais aimé, et qui alors s'intéressa à elle autant qu'il le put. Mais à la fin la jeune femme le chassa aussi. Il se retira à Sollingen et pria le Major, au nom de feu son frère, de vouloir bien le nourrir.

Quoi ! ils t'ont mis à la porte ? mon vieux, demanda le Major ; et des larmes partirent de ses yeux. L'ingrat ! mais va ! tu ne seras point malheureux ici. — Le vieux Jean raconta alors ce qui se passait à Moorberg, et l'état déplorable où se trouvait madame de Halden, la veuve.

Les familles de Ransleben et de Rhense étaient venues précisément rendre vi-

site au Major. — Oh ! notre pauvre
mère ! dit Hennig en se jetant au cou
de sa sœur qui pleurait. — Le bâtard !
s'écria le Major : quoi ! la veuve de
mon frère ! que le diable le !.... Fils
dénaturé !.... Que l'on attèle à ma plus
belle chaise ! cria-t-il par la fenêtre ,
d'une voix de tonnerre , les quatre bais
et les livrées de parade ! Restez ici ,
mes enfans ! je vais chercher votre
mère : il ne faut pas qu'elle vive dans
la misère — Hennig et Emilie lui bai-
sèrent la main , et il partit.

Lorsqu'il fut arrivé à Moorberg , il
monta pesamment les escaliers et demanda d'une voix effrayante à Charles,
qu'il rencontra dans le corridor : où
est ta mère ? — Charles lui montra poliment la chambre , et le Major entra.
La mère était devant son miroir, occupée à réparer avec peine le désordre
de ses cheveux. L'aspect du Major lui
fit sentir vivement l'horreur de sa position. Elle laissa tomber tout ce qu'elle
tenait dans ses mains, et se mit à pleurer amèrement. —Ah ! mon frère , dit-

4

elle, pensez-vous donc encore à moi,
à une pauvre veuve délaissée? — Le
Major s'inclinant profondément, lui
baisa la main (ce que jamais il n'avait
fait), et dit : ma chère sœur, j'entends
dire que vous n'êtes pas traitée ici,
comme vous devez l'être, et je pense
que vous serez mieux près de nous,
où chacun vous aimera. J'ai pris avec
moi ma chaise de parade. Sans cérémonie, ma sœur, tâchez d'être bientôt prête. Vous viendrez avec moi et
vous serez heureuse. J'ai aussi à Sollingen des gens qui sont venus me voir.—

Jamais on ne répandit de larmes plus
brûlantes, que n'en versait alors la mère
navrée de honte. — Ah! dit-elle avec
amertume : osé-je bien paraître devant
mes enfans?

— Oui, vous l'osez, ma chère sœur.
Que le diable emporte un enfant qui
voudrait recevoir sa mère autrement
qu'en ouvrant les bras! J'ai aussi des
complimens à vous faire d'Emilie et
de Hennig, de ma femme et de ma
fille, de la femme de Hennig, et, si

vous voulez bien le permettre, de Seibold lui-même, qui, vous pouvez m'en
croire, peut devenir le plus grand personnage de nous tous, pourvu toutefois qu'il le veuille. Allons! faites-vous
vite habiller : où, est la sonnette? il
faut faire venir votre femme-de-chambre? — Je n'ai plus ni sonnette, ni
femme-de-chambre.

— Grand Dieu! quel fils barbare!
sans-doute, on peut s'en passer, mais
aujourd'hui! que diantre aussi!.... —
Il ouvrit la porte et se mit à crier :
holà, hé! — Vas dire à une femme-de-
chambre de vouloir bien arriver ici!
dit-il à un domestique qui le regardait en face. — Pourquoi? s'il-vous-plaît,
demanda-t-il indolemment. — Pour friser Madame. — Elle peut le faire elle-
même, répartit le domestique qui voulut se retirer. En un éclair il avait reçu
une douzaine de coups de plat de sabre.
— Attends, je t'apprendrai à respecter
la dame de la maison. — Le drôle
se réfugia, en criant, dans la chambre
des domestiques. Le Major prit alors

5

une femme-de-chambre par le bras,
l'emmena chez sa belle-sœur et lui ordonna de la friser et de l'habiller. La
fille le regarda avec étonnement, mais
elle coîffa Madame sans résistance,
l'exemple du domestique l'ayant inti-
midée.

. La jeune dame entendant tout ce
train, voulut s'emporter contre le
Major; mais son mari lui dit d'un ton
suppliant: tu ne connais pas encore
ce grossier personnage; ne va pas entrer en lice avec lui! — Je le ferai mettre
à la porte. — A d'autres! il nous hache-
rait tous par morceaux. —

- Enfin la mère était habillée. Le Major
lui donna le bras et demanda: où est
l'appartement de votre bru? — Charles
et sa femme se levèrent lorsque le Major
entra. Il dit avec sa voix de Stentor:
ta mère t'a trop aimé, et Dieu l'en punit
bien rigoureusement. Que ne te fera-t-il
pas, jeune homme, pour n'avoir pas
aimé ta mère? — Charles rougit; mais
la jeune femme partit d'un grand éclat
de rire. — Sotte perronnelle! c'est vous

qui prêtez à rire et non un homme
comme moi, dont la tête a blanchi
avec honneur. Vous menez un train de
vie qui finira mal, vous le verrez. Dieu
nous préserve alors d'en rire! mais je
vous plaindrai, quoique cependant vous
aurez mérité votre destin. —

Il aida à monter dans la voiture sa
belle-sœur, qui tenait en main un rou-
leau de papier, rangea ses hardes que
portait un domestique, et partit avec
elle pour Sollingen. La mère ne cessa
de pleurer pendant toute la route. Le
Major fit faire halte dans l'avenue, descendit de voiture et conduisit sa belle-
sœur par le jardin, craignant que Hennig et Emilie ne vinssent dans la cour,
au-devant de leur mère, et que cette
scène ne fît de l'éclat. Tremblante
comme une criminelle, cette mère insensée, mais alors si cruellement pu-
nie, abordait le moment le plus pénible
de sa vie. Le Major la mena sans bruit
jusqu'au haut de l'escalier, et ouvrit la
porte.

A peine Emilie et Hennig eurent-ils

remarqué l'air pâle et affligé de leur
mère, qui restait-là, debout, le regard abattu, qu'ils se précipitèrent à
ses pieds, s'emparèrent de ses mains,
qu'ils couvrirent de baisers brûlans.
—O chère, tendre et respectable mère!
s'écrièrent-ils tous deux en sanglotant.
—La mère chancelait sous elle-même ;
les tourmens de l'enfer succédaient dans
son cœur aux délices du ciel. Enfin elle
tomba sur le parquet dans leurs bras
tremblans, en s'écriant : ô mes enfans!

Elle voulut s'accuser elle-même ; mais
le Major l'interrompit et la mena vers
Seibold. Elle l'embrassa et le nomma
(quoiqu'un peu froidement), M. mon
fils. Alors, voulant obtenir vengeance
contre Charles, elle découvrit qu'elle
avait intercepté le testament fait par
son mari, et elle le leur présenta. —
Veux-tu réclamer, Hennig? demanda
le Major; et toi, Emilie?—Tous deux
répondirent négativement, et le Major
jeta le testament au feu. La mère s'étonna qu'on fût si peu indigné contre
Charles. —Ma chère sœur, lui dit par

la suite le Major : vous avez haï Hennig, que vous en est-il arrivé? rien que
de la peine. Tenez, nous sommes heureux, parce que nous ne haïssons personne. Vous serez heureuse aussi, avec
l'aide de Dieu ; mais le moyen de le
devenir, c'est d'aimer et de pardonner.

La mère admirait de tels hommes.
Sans doute elle n'était pas toujours du
même sentiment qu'eux ; néanmoins
elle vivait fort contente auprès de
Hennig, qui n'avait pas voulu la laisser
au Major. Elle sentit au moins combien on trouve de bonheur dans la
pratique de la vertu, quoiqu'elle ne
fût pas absolument vertueuse elle-
même. Hennig, pour lui faire plaisir,
promit de donner une si bonne édu-
cation à son fils, qu'il pourrait un
jour devenir comte. — Ma sœur, dit le
Major, il faut élever tous les hommes,
comme s'ils devaient être des empe-
reurs, ou même des archanges, s'il est
possible. — O! si seulement un Halden
devient comte, reprit-elle, alors je suis
contente. —

Conformément aux desirs de sa femme, Charles continuait à vivre sur le grand ton, et dépensait de si fortes sommes, que le désordre se mit dans ses affaires. Par mauvaise honte, il ne voulut point borner ses dépenses; et se fiant toujours à la vertu de sa femme, il brigua une place à la cour. Il l'obtint aussitôt, parce que sa femme était toujours charmante, et que l'inclination du prince n'avait pas diminué. Elle continua à dissiper; et tant que Charles put satisfaire à ses besoins, elle lui resta fidelle. Lorsqu'enfin il fut obligé de faire des retenues, elle accepta des cadeaux du prince, et il s'ensuivit ce que de coutume. Charles devint furieux, lorsqu'il fit la fatale découverte. Il fut banni de la cour pour la seconde fois, et revint à Moorberg. Sa femme, qui resta à la résidence, sollicita une séparation, qu'elle ne tarda point à obtenir, et fut alors déclarée maîtresse du prince.

Les biens de Charles étaient engagés, et son bonheur empoisonné. Le besoin lui fit épouser une fort riche veuve de marchand, sans qu'il fût pour cela plus heureux. Il avait cherché le bonheur dans les richesses, les dignités, la débauche, et même dans l'avarice, mais jamais là où il pouvait le trouver. Il voyait, avec le tourment de l'envie, le bonheur dont ses frères et sœurs jouissaient dans le sein de l'amour, de l'amitié, de la confiance et de la vertu ; bonheur que même les petites peines domestiques ne faisaient sans cesse que renouveler.

FIN DU QUATRIÈME ET DERNIER TOME.

ROMANS *nouveaux et autres, qui se trou-*
vent à Paris, chez MARADAN*, Libraire,*
rue Pavée-Saint-André-des-Arts, n°. 16.

NOUVELLE BIBLIOTHÈQUE DES ROMANS, cinquième année, dans laquelle on donne l'analyse
raisonnée des Romans anciens, français et étrangers ; des nouvelles historiques, et des contes
nouveaux, *par une Société de Gens-de-*
Lettres qu'il n'est plus besoin de nommer, et
qui d'ailleurs continuent de signer les articles
sortis de leurs plumes.

A l'extrait des anciens romans de tous les pays, on
joindra des nouvelles historiques ou morales, des contes,
des fables, tant en vers qu'en prose, des romances, des
anecdotes, des essais dramatiques ; en un mot, tous les
genres d'ouvrages nés de l'imagination, et qui, par cette
raison seule, appartiennent à cette collection : chaque
volume sera terminé par une notice littéraire, et d'accord
avec l'éditeur, les collaborateurs, encouragés par le succès
qu'ils ont obtenus, n'épargneront rien pour varier l'amuse-
ment de leurs abonnés, dont le nombre augmente de jour
en jour.

Il paraît régulièrement un volume du 10 au 15 de
chaque mois, et deux à la fin de chaque trimestre, ce
qui fera par année 16 volumes in-12, composés chacun
d'environ 220 pages.

Le prix de l'abonnement pour la cinquième année, commençant au mois de vendémiaire an 11, est de 25 livres
par an pour Paris, et 55 liv. pour les départemens, franc
de port par la poste

On peut se procurer des exemplaires des quatre pre-
mières années, ensemble ou séparément, à raison de
25 liv. l'année, pris à Paris.
Les lettres et l'argent doivent être affranchis.

ABBAYE (l') de Grasville, trad. de l'angl. par
     B. Ducos, 4 vol. *in*-18. fig.   4 liv.
Adèle de Senange, ou Lettres de lord Sydenham,
     par mad. de Flahaut, 2 vol. *in*-12 fig. 3 l.
— Le même livre, 2 vol. *in*-18. fig.   2 l.

Adelaïde de Messine, ou l'infortunée Sicilienne, 2 parties in-12.   3 l.

Adonis, ou le bon Nègre, anecdote coloniale, par J. B. Piquenard, in-18.   1 l. 16 s.

Agatha, ou la Religieuse anglaise, 4 vol. in-18. fig.   4 l.

Aline et Valcourt, ou le Roman philosophique, écrit à la Bastille un an avant la révolution de France. *Paris*, an 4, 8 vol. in-18. ornés de 15 gravures.   8 l.

Alphonse (un mois d'hiver d'), ou Campagnes galantes d'un Hussard, 2 v. in-12. fig. 2 l. 10 s.

Amintor et Théodora, 3 vol. in-18. fig.   3 l.

Anna, ou l'Héritière Galloise, par l'auteur de Rosa, trad. de l'angl. 4 vol. in-12 fig.   8 l.

Anna, ou les suites des mauvais conseils, conte moral, in-12.   1 l.

Anzoletta-Zadoski, par l'auteur de Georgina, trad. de l'angl. 2 vol. in-12. fig.   2 l. 10 s.

Arundel, trad. de l'angl. de l'auteur de *Henri*, par B. Ducos, 2 vol. in-12. fig.   4 l.

Aventures (les) de Chœréas, et de Callirrhoé, trad. du grec par Fallet, 2 vol. pet. in-12. 2 l.

Aventures (les) de Don-Quichotte de la Manche, trad. de l'espagnol, par Florian, 6 vol. in-18. fig.   6 l.

Aveux (les) de l'Amitié, par E. Debon, in-12.   1 l. 16 s.

Azalaïs et le gentil Aimar, histoire provençale, trad. d'un ancien manuscrit provençal, 3 vol. in-12. fig. et musique.   5 l.

Belinde, roman trad. de l'angl. de Marie Edgeworts, auteur de l'Education pratique, par Octave Segur, 4 vol. in-12.   6 l.

Betzi, ou l'infortunée Créole, histoire véritable, 2 vol. in-12. fig.   3 l.

Bibliothèque (nouvelle) des Romans, quatre premières années, 64 vol. in-12.   100 l.

On souscrit pour la cinquième année commençant au mois de vendémiaire an 11.

Biévriana, ou Jeux de mots de M. de Bièvre, deuxième édit. 1 vol. *in-*18. fig.   1 l.

Camille, ou Lettres de deux Filles de ce siècle, 4 vol. *in-*12. fig.   7 l. 10 s.

Cantatrice (la) par infortune, 3 vol. *in-*12 fig. 5 l.

Caroline, ou les Vicissitudes de la Fortune, 3 vol. *in-*18.   3 l.

Caroline de Lichtfield, ou Mémoires extraits des papiers d'une famille prussienne, publiés par madame la Baronne de Montaulieu, 2e. édit. revue, corrigée et augmentée d'un volume par l'auteur, avec la musique des romances, 3 vol. *in-*12.   5 l.

— La même, 3 vol. tirée sur papier fin, 12 l.

Caverne (la) de la Mort, trad. de l'ang. 1 vol. *in-*12. fig.   1 l.

Célestine, ou les Epoux sans l'être, par B. de la L...., auteur de la Nuit anglaise, 4 vol. *in-*12. fig.   6 l.

— La même, 4 vol. *in-*18 fig.   4 l.

Charles de Rosenfeld, ou l'Aveugle inconsolable d'avoir cessé de l'être, par Demaimieux, auteur de la Pasigraphie, 3 vol. *in-*12 fig.   5 l.

Charles et Marie, par l'auteur d'Adèle de Senange, 1 vol. *in-*12   1 l. 10 s.

Château (le) de Duncam, ou l'Homme invisible, 2 vol. *in-*12. fig.   3 l.

Chevaliers (les) des sept Montagnes, ou Aventures arrivées dans le 13e. siècle, trad. de l'allemand par J. N. E. de Bock, 3 vol. petit *in-*8 pap. velin.   6 l.

Claire d'Albe, par l'auteur de Malvina, *in-*12, fig.   2 l.

Clémentine de Lindau, trad. de l'allemand, vol. *in-*12 fig.   2 l.

Cloche (la) de minuit, 3 vol. *in-*18. fig.   3 l.